人文叢書
文學類

雪樓小品

洛夫◆著

三民書局

國家圖書館出版品預行編目資料

雪樓小品／洛夫著. ——初版一刷. ——臺北市：三民，2006

面；　公分. ——(人文叢書. 文學類4)

ISBN 957-14-4537-1 (平裝)

855　　95011831

© 雪樓小品

著作人　洛　夫
發行人　劉振強
著作財產權人　三民書局股份有限公司
臺北市復興北路386號
發行所　三民書局股份有限公司
地址／臺北市復興北路386號
電話／(02)25006600
郵撥／0009998-5
印刷所　三民書局股份有限公司
門市部　復北店／臺北市復興北路386號
重南店／臺北市重慶南路一段61號
初版一刷　2006年8月
編　號　S 811330
基本定價　貳元貳角
行政院新聞局登記證局版臺業字第〇二〇〇號

ISBN 957-14-4537-1 (平裝)

自序

獨立蒼茫

我一直有這麼個感覺：由台北移居溫哥華，只不過是換了一間書房，每天照樣讀書寫作，間或揮毫書寫擘窠大字，可說是樂在其中，活得蕭灑。我曾說過：愈接近晚年，社會的圈子愈來愈小，書房的天地愈來愈大。這種現實世界的萎縮，心靈空間的擴充，可視為一種修養，多少有些無奈，但絕非逃避。我為我新居的書房起了一個「雪樓」的齋名，這固然由於冬天在二樓的書房可以倚窗看雪，但更暗示我這純淨冷傲，與世無爭的隱逸生活。

這也許正如魯迅的名句：「躲進小樓成一統，管它春夏和秋冬。」一般的情況是如此，但每當回首前塵，或面對現實時，就蕭灑不起來了，心緒開始波動，有時甚至會由漣漪逐漸激成狂濤，久久難以平息。尤其遷居溫市的最初幾個月，冷清中透著孤獨，秋日黃昏時，獨立在北美遼闊而蒼茫的天空下，我強烈地意識到自我的存在，卻又發現自我的定位是如此的曖昧而虛浮。在一次演講中，我訂了一個連我自己都感吃驚的題目：「我的二度流放」。第一度流放是在一九四九年，為時勢所迫，孑然一身離棄了鄉土的和血緣的母親，去了異鄉的台灣。數十年的成長和經營，我在那裡建立我獨有的文學城堡，這點我不能不對台灣這塊土地心存感激，但面對日益惡化的政治，社會，與自然環境，我早就有了重作選擇的想法，希望在這地球上找到一個可以安渡晚年的近乎香格里拉的淨土。因此，我這二度流放，事實上自我選擇的決心遠大於被迫的因素。

二次世界大戰期間，德國作家托瑪士曼流亡美國，有一次記者問他，放逐生涯是不是一種極大的壓力？當時他理直氣壯地答道：「我托瑪士曼在哪裡，德國便在哪裡！」今天我卻無法說出如此狂妄的話，因為我不知道我的中國在那裡，至少在形式上我已失去了祖國的地平線，失去了生命中最重要的認同對象。臨老去國，遠奔天涯，割斷了兩岸的地緣和政治的過去，卻割不斷長久養我育我，塑造我的人格，淬煉我的智慧，培養我的尊嚴的中國歷史與文化。就一個作家而言，初期的流放生涯對他的創作絕對有益：新的人生經驗，新的生活刺激，新的苦悶和挑戰，都可使他的作品更加豐富，表現更多層次的生命內涵，屈原、韓愈、柳宗元，乃至蘇東坡，都在被迫流放的孤絕淒涼的歲月中，寫下了傳世之作。

這一點，我不敢自我期許太高，雖然也有不少朋友對我寄望甚殷，但我知道自己的限制。不過，我倒認清了一點：一位流放作者不論他立身何處，生活形式起了多大的變化，他都需要一個龐大而深厚的文化傳統在背後支撐。今天我處在這極度尷尬而又曖昧的時空中，唯一的好處是我能百分之百地掌控著一個自由的心靈空間，而充實這心靈空間的，正是那在我血脈中流轉的中國文化，這就是為甚麼我有去國的淒惶，而無失國的悲哀。

初期的僑居生活中，體驗得多，寫得少，大部份時間卻都投入書法藝術的探索中，並忙於為吉隆坡、溫哥華、紐約、台中等地的展覽做準備工作。自一九九八年起，我應邀為溫哥華《明報》寫專欄，每週兩篇八百字左右的方塊小品，內容雖然不拘，我卻自限於兩大範圍：讀書的感悟與生活的感受，盡量不碰政治和敏感問題，同時自我要求，寫的這些小品一定要有比一次消耗性的讀物高一些的閱讀價值。簡言之，我所寫的是小品式的文學作品，不是為百忙中的當代讀者提供一杯可樂的港式方塊。現結集問世，願這些新的經驗為更多的讀者所共享。

洛夫

二〇〇六・五・於溫哥華

雪樓小品

目次

雪落無聲

去年的雪下得較晚，我卜居的低陸平原溫暖如春，過了一個綠色聖誕。為了營造一點佳節氣氛，當天特別去柏樹 (Cypress) 山頂看雪。列治文市到前幾天才見到第一場大雪。晨起掀開窗帘，頓覺室內四壁皎然，探首窗外，只見宇宙一片光明。雪落無聲，萬物都在鵝毛大雪的覆蓋下失去了顏色，失去了距離，也失去了個性，天地間只充塞著無邊際的寂靜，其實也不是寂靜而是空無。後院白楊蕭疏的枯枝無風自動，在難以覺察的微抖中，積雪沙沙而下，彷彿落在我的胸中，竟然不起一絲漣漪。這時我手捧著一杯熱咖啡，站在落地玻璃窗前看雪，屋頂上是一片消失了時空的白，其間蹲著一隻黑鴉，不叫不啼，兩隻小眼睛在做全方位的轉動。這使我想起美國詩人史蒂文斯的那首〈十三種看山鳥的方法〉的詩來。我也有我看烏鴉的方法：牠的存在使我更加孤寂。

前年初來溫市即遇一場六十年來最大的雪，也是我平生所見最美最令人興奮的一場，由於來得猝不及防，整個人被一種茫然的感覺所攫住，初有驚黯的緊張，卻不感到任何壓力。我突然興起了揮毫寫狂草的豪情，於是脫去外衣，捲起袖子，取來一支大號的羊毫，蘸著濃墨，展開宣紙，面前好像舖展一望無垠的雪原，這時筆走龍蛇，室內黑色的激動和窗外白雪恣意的飛舞，形成了一種絕妙的心靈節奏，一種極度喜悅的，正如莊子所說「獨與天地精神往來而不敖倪於萬物」的那種孤傲與狂放，那種漫不在乎。

元月上旬這場大雪仍使我興奮不已。但突然從電視新聞中得知河北張家口遭到大地震，死傷慘重；西藏青海高原遭受嚴重雪災，已有一千五百餘人凍死；而不幸無獨有偶，近日加拿大魁北克等省也受到冰風暴侵襲，災情亦相當嚴重。真是一種無奈的煞風景，尼采說：「苦難可使生命更加豐富。」但他人的苦難，只會使我感到一無所有，而這時窗外的雪，再也不覺得純白可愛了。

人情與人權

加拿大有三寶：第一流的空氣，第一流的景色，第一流的人文環境，尤其溫哥華連年被聯合國評為世界上最適於人類居住之地，犯罪案件雖也偶有發生，但比起其他都市，此地可算已接近淨土了。在這裡，社會不是挺繁榮，工作機會少，汲汲為稻粱謀的人每日不免悽悽惶惶，至少想發財是很難的。然而加國一般人仍維護著高度的價值觀與道德意識，他們頗富人情味，極度重視人的尊嚴。比如車子讓行人，乃司空見慣之事，但在中國大陸、台灣或香港，卻是罕見的例外。在列治文，有時我開車從市場出來，大馬路的車輛絡繹不絕，往往要等上數分鐘才能拐入車流。不過有時前面的車陣突然停下來讓我出車，經多次發現，凡禮讓我的最前面的那部車上坐的大多是加拿大人。出了車禍或車子熄火，路過的加拿大人都會停車給你援手。去年大雪中，我搭友人車子去北三角洲，半途拋了兩次錨，車上未帶手提電話，上不沾村，下不巴店，尷尬之極，苦等了半個小時，幸好都得到兩對加拿大夫婦停車相助，始得順利上路。加拿大重視人權，人要受到他人的尊重，這是他們從小在家中和學校就被灌輸的概念。我初來溫哥華的第一個月，有件事使我印象非常深刻。有一天我去附近的布倫德爾市場 (Blundell Mall) 購物，從麵包店出來推玻璃門時，未注意門外站著一位五六歲的加拿大小孩，把他輕輕撞了一下。小孩既未受傷，也沒有哼聲，我便摸摸他的頭，然後進入一家農市場去買水果，誰知半小時後，一位中年加拿大人帶著那位小孩向我興師問罪，說我剛才碰撞了他，堅持要我向他道歉。當時我心裡毫無準備，為這突來的小小官司給愣住了。這種事根本不可能在台灣或大陸發生。我誤撞了他，雖出無心，但畢竟是實情，當時迫於情勢，只好當著他的父親向他連說了三聲 sorry，而小孩也真乖巧，向我回了一句「謝謝」。現在想來，這種人際關係還是挺有味的。

懷念莫達

我曾寫過一篇題名〈犬子莫達〉的散文，朋友和讀者看到無不詫異，還以為我另有一個叫莫達的兒子。說是兒子也未嘗不可，乖巧溫馴，善體人意，全身毛茸茸，胖嘟嘟，抱起來肉感十足，且善於塞奶（台語撒嬌之意），某些譬如舔耳朵之類的小動作，親暱得近乎肉麻。除了偶爾我們出國旅遊之外，其餘的日子牠都緊迫盯人，跟著我和妻一步一趨，長相左右。妻一想起牠經常猝不及防地跳進她懷中取暖的情形，便會感到一陣貼心的溫馨。

莫達平素沉默寡言，從不亂吠，妻硬說牠是啞巴，其實不然，至少我曾聽牠叫過兩次，但都叫得使人難過、揪心。一次是我與妻去大陸開會，出門時我摸摸牠的頭以示告別，當時牠喃喃低嗚，狀若不捨，然後趴在門口不起來。一個多月後我們回家時，據家人告知，莫達自從那天躺在門口，居然三天不吃不喝，以為我們棄牠而去，聽來真叫人心痛。第二次莫達不但叫，而且叫得十分悽切。前年我們移居溫哥華，因莫達老邁，且患有皮膚病，不便帶來，離台前夕特託一位朋友寄養，臨別時牠似乎已表現出那種被棄的哀怨和無奈，衝著我大叫數聲，似埋怨，更像抗議。有一天，我在台北街邊小攤上買到一隻陶土燒的小狗巴哥，大如嬰兒之拳，神態活似莫達。來溫後我一直擺在書桌上，朝夕相對，想念莫達之時，便捧在手中把玩一番。

去年三月返台，那位寄養的朋友來電話說，莫達失蹤了，在街頭不防被人抱走。我聽了為之駭然，但也無從深究，只暗中祈求那位先生以善心待牠。一年後，莫達突然有了消息。不久前楊樹清從台北回溫，說他在某友處見到一隻十分可愛卻前所未見的小狗，一經打聽，才知道牠正是莫達。據楊樹清描述，莫達雖呈老態，但溫馴依舊，對於新家頗能適應。也罷，牠有牠的去處，我有我的選擇，各自隨緣而安吧！

養鳥記趣

記不起我從甚麼時候開始養起鳥來，反正是近兩年的事。時間並不重要，問題是在心態的變化。

上月某日，在一次老友暢敘的飯局中，酒酣耳熱之際，大家偶然間觸及了一個令人唏噓感傷的問題——年齡。最後的結論是：歲月苦短，吾輩老矣！但當時我在酒精的燃燒下，正顯得逸興飛揚，自以為體健力壯，正值春秋鼎盛，故獨排眾議，誇言我的心理年齡只有三十歲，譬如我目前在工作之餘，以蒔花養鳥為樂，就是例證。話一說出口，我就發現有了語病。果然，坐在對面的那位王先生對我詭譎地笑笑說：「閣下的心裡怎麼想，我們不得而知，不過，根據正常的心理狀態，蒔花養鳥這種事正是老了的心理反射。」聽完後，我頓時嗒然若喪，尷尬得就像在路上突然崩斷了褲帶。

說得也是，年輕的時候，精力旺盛，胸膛裡的熱血滾燙得像一壺開水，吃喝玩樂，婚姻事業之不暇，哪還有時間與耐性去養鳥，哪有餘錢去從事這種「玩物喪志」的勾當。過去在以故都北平為背景的電影中，經常看到一些身著藍布長衫的大爺，嘴上叼著香煙，左手撩起長衫下襬，右手提著一隻鳥籠，以京戲裡老生的步態，一搖一擺地穿過大街，向北海公園遛鳥去也。當時我年輕氣盛，壯志待酬，哪看得慣這種不務正業的行徑，心裡在罵：「沒有出息！」

不幸的是，現在我不但到了養鳥自娛的年齡，而且輪到自己「沒有出息」起來。當然，這並不足以證明我閒得無聊，但卻與近年來的生活安定，心境寧靜有關，何況我這種年齡玩鳥也不致妨礙個人的事業前途。這倒不是表示我已功成名就，可以告老林園，而是說，反正現在已到了「夕陽無限好，只是近黃昏」的階段，已無志可喪了。

理由固然很多，但主要的還是由於這幾年來稿費提高，私房錢日增，足夠我家計額外的供需。通常一隻國外進口的名貴小鳥，身價均在數千元以上，（台灣除了洋雞之外，甚麼外國貨都吃香。）這類嬌客我養不起，只好退而求其次，玩玩千元以下的畫眉、相思鳥、鷯哥之類，通常一篇短文的稿費足可買一隻畫眉和一只普通的竹籠。開始由於缺乏養鳥的常識與經驗，去年一連死了兩隻，飛了一隻，傷心之餘，寫了一篇〈畫眉之死〉的散文，換來銀子又去買了一隻。文章發表不久之後，接到一位好心讀者的來信，除了安慰我要節哀外，並不厭其煩地告訴我一些養鳥的方法，其中有兩點千叮嚀萬叮嚀要我特別注意：第一，每天清晨要提著鳥籠去遛；第二，要經常給牠洗澡。關於遛鳥的好處，據說一則在手提鳥籠一晃一盪之間，可以鍛鍊牠的筋骨和兩爪的抓勁，再則可以使牠接近大自然，覺得雖身繫囹圄，多少可呼吸一點自由空氣，培養牠的生趣，還其活潑矯健的本性。起初，我也曾利用假日早晨，提著鳥籠，作北平大爺狀，到附近一間學院的校園內去遛過一兩次。但因為我慣於晚睡遲起，起床後即匆匆漱洗準備上班，早晨遛自己的時間都沒有，哪還有空閒去遛鳥？

至於給鳥洗澡倒好辦，只要把鳥籠擱在浴缸內，扭開水龍頭，唏哩嘩啦沖牠一陣，然後再提到陽台上讓牠晒乾羽毛就好了。於是，某星期天上午，我如法炮製，扭開浴室的水龍頭之後，便坐在客廳看報。剛好這天報上載有一篇「養鳥須知」的文章，我連忙聚精會神地讀下去。突然發現文章中有這麼一句：「替小鳥沐浴時，最好不要把鳥籠放在浴缸內，以免不測。」我看完矍然一驚，這時才想起剛才忘記關水龍頭，匆匆跑進浴室一瞧，糟了，水已漫到浴缸邊緣，我提起鳥籠一看，那隻畫眉早已成為浮屍。我面對這悽慘的景象，驚駭得說不出話來，頓足懊悔不已。這時兒子在背後不懷好意地笑著說：「爸，你又可以寫一篇〈畫眉之死〉了！」

這件悲劇發生後，有一天我又到鳥店去看鳥，見到一位鄉下佬提著一隻大的怪鳥來兜售。他索價一千，鳥店老闆殺價一半。我發現這隻鳥相貌極為威武，顯非凡類，我趁老闆不注意，偷偷出價八百而成交。這隻鳥頭部烏黑，全身羽毛則呈藍色，翅膀剛健，兩爪堅如鐵鉤，爪與嘴顏色鮮紅，看來宛如珊瑚，而兩眼圓睜，精光四射。牠的右腳給拴在一根鐵鏈上，叫起來其聲嘎嘎，極為驚人，尤其容貌堂堂，有一副睥睨天下，不可一世的雄姿。孩子們問我這叫甚麼鳥，我以前也沒有見過，便順口封牠一個「藍公子」。

養鳥不外乎兩種樂趣，一是聆聽牠動人的鳴叫，一是觀賞牠羽毛之美，所以到目前為止，我一共擁有六隻鳥，兩隻畫眉，兩隻牡丹，前者取其悅耳的鳴囀，後者取其絢麗的毛色。後來不知為甚麼我又買來一隻黑不愣通的小鳥，既不好看，又不會唱，整日亂蹦亂跳，性情太野，我一氣之下，便拿到鳥店去換回一隻嬌小玲瓏的相思鳥。根據我兩年來養鳥的經驗，發現畫眉最難侍候，養了又死，死了再養，我從來沒有這麼好耐性。牡丹鸚哥最為乖馴，屬於靜鳥一類，學名為「愛之鳥」(Love-bird)，原產地為非洲大陸的中部，但比起非洲人來，可漂亮多了，而且非常羅曼蒂克。通常飼養的是雌雄一對，平時依依偎偎，高興起來還會當著人親嘴，恐怕是世界上最親暱的夫妻了。不過有時也會因爭食而反目，互相追打起來，你啄我一嘴，我咬你一口，那隻被咬得東逃西竄，吱吱叫的，準是母的。牡丹鸚哥嘴角很利，嚙物性甚強，可以咬斷較細的鐵絲，有時甚至懂得用嘴去叼開籠子的門。有一次，我把鳥籠提到陽台上去晒太陽，不久後竟發現鳥去籠空，兩隻牡丹已不告而別，補充一對新的之後，我特別在鐵絲籠上添加了安全設施。

藍公子進門的那一天，天色已晚，妻還沒有看清楚，便嚷著：「你幹嗎弄回來一隻烏鴉！」我聽了很生氣，太不識貨了。妻一向不喜歡養小動物，怕把客廳弄髒，因此我只好忍氣吞聲，每天小心翼翼誠惶誠恐地來處理這一群小傢伙。幸而牠們需要的糧食很簡單，不是粟米，就是台糖飼料，其中以藍公子的胃口最佳，簡直像陰溝裡的鴨子，有吃無類。牛肉、豬肉、麵包、水果、豆腐、魚蝦，除了石子鐵釘之外，幾乎什麼都吃，毫無偏食的惡習，比我家的兒子好多了。另有一樣，就是不能餵牠鹹的東西吃，據說吃多了鹽會脫毛，藍公子如變成了禿鷹，豈不大煞風景。藍公子還有一身絕技，任何食物你只要一扔過去，牠便可以跳起來從半空中啣住，百無一失。接住食物後，牠會用一隻腳踩住，再一塊塊撕著吃，如果一餐吃不完，便把剩餘的留在裝食料的盒子裡，等餓了再吃。

有一天早晨，我發現金魚缸裡的那尾黑寡婦突然死了，我撈起載浮載沉的魚屍順手一扔，藍公子穩穩用嘴接住，不到半分鐘就連鱗帶骨進了牠的肚子，這倒省了我處理魚屍的麻煩。

寫到這裡，就此打住，算算字數，差不多夠買一隻小鳥的稿費了。

兩株牡丹

魯迅有篇文章，開頭便說：「屋前有兩棵樹，一棵是棗樹，另一棵還是棗樹。」年輕時讀來覺得好笑，現在不妨套用這種化簡為繁，表現囉嗦趣味的筆法：「我家後院種了兩株牡丹，一株是什麼什麼，另一株還是什麼什麼。」所謂「什麼什麼」，就是因為它們正在成長中，目前還看不出可能開出什麼樣式，什麼顏色的花來。

去年初春，朋友送來一盆牡丹嫩芽，我小心翼翼地移植到花圃中，孰料三天後便被那隻我編為二號的灰毛松鼠連根翻了出來，氣得我幾乎要用髒話罵牠。到了秋天，這位朋友又送來兩株剛培植的牡丹，約半尺高，葉子稀疏，黃毛丫頭一個，毫不起眼。朋友說還沒有開過花，不知是何品種，叫我挖土種下，明年春天定有分曉。我遵囑把它們種在一株白楊下，用枯葉蓋起來，以免再次受到松鼠傷害，我澆了幾次水，就任它們自生自滅。秋去冬來，下過兩場雪，兩株牡丹竟葉萎莖枯，最後連一點影子都不見了。不料今年三月中旬，春風一吹，泥土中居然冒出了兩棵嫩芽，而且長得很快，不到半月其中一株已經有模有樣，看來就像三十年前剛上幼兒園的女兒。

關於牡丹的知識我所知有限，倒是對當年唐明皇與楊貴妃在沉香亭飲酒賞牡丹，召來李白寫了三首〈清平調〉詞這段掌故，印象十分深刻。牡丹為花中之王，俗稱富貴花，有一品種花瓣大而純白，中間點綴一小圈紅蕊，鮮豔之極，我曾為它取了一個有點俗卻非常神似的芳名：貴妃醉酒。

張潮說：「牡丹使人豪。」這使我想起《唐朝豪放女》這部電影中驚人的冶蕩。像我這種年齡，豪情已消，看多了牡丹，不免徒生力不從心的感慨，還不如梅的那種高雅，蓮的那種澹泊，菊的那種蕭散，較能配合我目前的心境。

不寫啦！我要給那兩株很可能是未來的貴妃娘娘施肥去了。

溫哥華之晨

清晨迎著朝陽散步，渾身暖洋洋的，宛如下雪天懷中抱著一個小小的銅火爐。這是一個老社區，卻蓋了許多新房子，四周不乏高及數丈的蒼蒼古樹，而家家大門深鎖，庭院寂寂，有的窗口還亮著燈光，就是不見人影，安靜得突然令人感到陌生，甚至孤獨。

不過，我還是喜歡這種感覺，忘了是哪位作家說過：「幸福的節奏似應近乎如歌的行板，太多的斷音是不相宜的。」後半生我一直在尋找這樣的生活節奏，我很怕捲入那種大起大落的哀樂人生。

剛搬來列治文這個社區，見到附近鄰居都遍植花木，每家的小型花園，布置得極盡巧思，尤其四五月間櫻花和杜鵑盛開，滿眼姹紫嫣紅，天地間一片生機，無限嫵媚。我和妻每天早晚都要繞著社區馬路散步一個多小時，頗有點「春風得意馬蹄疾，一日看盡長安花」的味道，當然我的「得意」與功名無關，反而是繁華落盡後的「適意」。這裡的夏日更為可愛，日照特長，晚間九、十點鐘仍明亮如晝，故晚餐後散步的人就多了，有時路上遇到黃皮膚的同胞，不免「停船暫相問，或恐是同鄉」，果然，十九都是來自台灣的新移民，稍作寒暄，打聽一下台北的近況，又揮手告別。

妻每天早晨步行去上英文課，我陪她走一程。兩人沿著格蘭護大道的人行路施施而行，廿分鐘後在列治文圖書館前分手，她繼續前行，我則回頭再走廿分鐘返家，除了大風大雪之外，兩年來從未間斷。通常我們總在八點出門，有時穿過濃霧，有時打著傘在小雨中疾行，但大多日子是披著燦爛的晨曦上路。去時兩人行色匆匆，我獨自回家時就悠閒多了，一面慢行，一面欣賞著沿途的花木。記得去年暮春時節，落花滿地，花瓣被晨風吹得漫天飛舞，彷彿下著紅雨，我置身其中，飄飄欲仙。現在是二月中旬，昨天我在路上看到數株櫻花已在春寒料峭中眉開眼笑；春天終於躡足而來。

溫哥華擺字攤

卑詩省芭蕾舞團鬧窮，想盡辦法撈錢，於是在上個月中旬舉辦了一次稱之為"Ballet Hoopla"的籌款晚會，廣邀各界，尤其是藝術機構，捐獻具紀念性的物品，如某著名芭蕾舞蹈家的舞鞋，某曲棍球明星球員的球棒，以及藝術品等在現場拍賣。會場設在溫哥華電視台大廳，據說部分節目將在七點的新聞節目中播出，因此六點以後，一時名流湧至，冠蓋雲集，氣氛相當熱鬧。

主辦人曾函邀精藝軒畫廊支援這一活動，希望請一位中國書法家當場揮毫，並由電視台錄影現場播出，書法作品則捐給他們義賣。精藝軒找上了我，開始我有點猶豫，後來想到，有機會為加拿大藝術團體拔刀相助，該是一件義舉，便慨然答應了。隨後便聽任精藝軒黃晨小姐的安排，當天她還開車親自陪我去了會場。

會場為我們準備了一張方桌，黃小姐鋪上絨布，擺上文房四寶，看來有模有樣，儼然一個賣字攤。舉首環顧，滿場盡是白人，只有我和黃晨是兩副黃皮膚的東方面孔，那位居間連繫、接待我們的女士，打了個照面便隱入人群再也不見芳蹤了，我們卻痴痴地等著節目主持人的介紹，以及揮毫時電視記者的訪問。等待中又飢又渴、腰痠背痛地枯站了兩個小時，誰也不理我們。

不！那邊不是過來了幾位貴賓嗎？一位盛裝的胖婦瞧著桌上那塊說明牌說：「喲！台灣來的藝術家？還是一位詩人哩！」也許她心裡想說的是：「這個糟老頭不正是那位蓄著八字鬍，頭戴瓜皮帽，當年來加修鐵路的華工嗎？」另一男士似乎只對文房四寶有興趣，俯首打量那只燒有一條青龍的筆洗。

時過八點，會場已變成了喧嚣的拍賣行，而我們的攤位仍是門前冷落車馬稀，我當機立斷，揮筆寫了一幅字便毅然走人，管你們賣多少銀子，已盡其在我，老夫不再侍候了。出得門來，在熙攘的鬧市中，細細咀嚼著寒風的滋味。

後院春秋

在溫哥華，三月尚屬初春，我家後院正在一天天熱鬧起來，十株白楊開始冒出茸茸的隱約可見的嫩芽，雖然樹枝還是瘦嶙嶙的，但秋天黃昏時在風中發出的那種蕭蕭之聲已不復聞，代替的是知更鳥和小烏鴉的聒噪與喧囂。草地在雨後顯得特別綠，我不知可否用「慘綠」二字來形容，不過味道很好，有點薄荷香。松鼠第二代已長大了，一隻黑毛、兩隻灰毛，好像剛從睡夢中醒來，身手並不如牠們父母那麼矯健，行動一慢，就難免經常被烏鴉追得四處逃竄。烏鴉可惡，欺負弱小，激起我的仗義本能，衝過去一陣吆喝把牠驅散，小松鼠便趁此機會連滾帶爬地躲進了樹叢。

五六月間，我家後院不只是熱鬧，幾乎有些喧嘩。最早有點春意開始引人注意的是那兩株色澤鮮豔，我稱之為「貴妃醉酒」的牡丹。每天澆水施肥，為她們整整忙了一個月，但很快便告香消玉殞了。好在春天的院子從不冷場，接下來是火辣辣的杜鵑。加拿大的杜鵑是一絕，一個花苞可以開出七八朵，一枝杜鵑少說也能綻出百來朵，六月的溫哥華幾乎全浸在杜鵑的花海中，那股熱鬧勁兒，正如電視劇《水滸傳》的歌：「風風火火闖九州……。」

六月底，杜鵑紅顏老去，日漸凋零，接棒的是另一種風流——玫瑰。我家後院種了五株，兩株鮮紅、一株粉紅、一株雪白、另一株鵝黃。這株鵝黃玫瑰乃天生尤物，不得了，一開便是數百朵，花苞纍纍，開完一叢又一叢，沒完沒了，及到七月初，一陣夏雨襲來，玫瑰花瓣四處飄零，絢麗的一生便如此草草收場。

十月以後，院子日漸冷清起來，西風哪是在唱歌，簡直在歎息、在哀鳴，白楊的落葉隨風亂舞，早晨才掃光，下午又撒了一地，在綠色的草地鋪上一層金黃的地氈，風過處，似乎發現秋在葉堆中蠕蠕而動，此情此景，倒有點像我暮年的心境——一種說不清的淒涼、一種無法形容的美麗。

我老家湖南，但大半生住在台北，這兩地每逢盛夏，酷熱難耐，溫哥華的夏天卻是最舒適的季節，除了日正當中的正午，早晚我們都在後院中打發。由於此地夏天日照特長，晚上十點以後天才黑，故下午六時許我們便移師後院，拉開桌椅，擺上鮮花水果，開始飲茶聊天，如朋友來訪，便以這種簡單而愜意的方式接待；有時喝點酒，賓主盡歡。這時夕陽透過白楊枝隙灑在圍牆上，再反映在我們的臉頰上，紅紅的，分不清是陽光，或是酒醉。

有人把李商隱的詩改為「夕陽無限好，妙在近黃昏」，改得真好。

到了夏天，後院裡基本上已無花可賞，院子周圍的空地都長滿了妻種的四季豆，和我種的南瓜與辣椒。去年南瓜收穫豐碩，胖娃娃那麼大的七個，在萬聖節之前都一一送給有孩子的朋友了。今年選的南瓜苗特別講究實用性，換句話說，以「可食用」為著眼點。種下去後，天天澆水，早晚都要俯身採視一番。眼看著碧綠的瓜藤在草地上一寸寸地向前爬行，快速有如潮水湧來，虎虎甚有生氣。彎下腰來數一數（南瓜仔可不能用手指，一指就活不成），哇！居然結了十多顆！有幾顆日漸泛黃，不幾天便無疾夭折了，現剩下五顆已大如拳頭，收成有望，但就怕松鼠嘴饞，提前把它們當了餐點。

吃辣椒醬，不如吃生辣椒，吃生辣椒不如自己種，於是開疆闢土，流了一身大汗才挖出一塊園圃，種了十餘株各類辣椒：中國種、墨西哥種、印度種、泰國種，連「辣」也國際化了。有圓形、長形、朝天的尖形，形狀各異，其辣則一。有兩株標明「火辣」(fire hot)，可以想見它的威力。

夏日的後院，蔥蔥鬱鬱，所有植物都充滿了昂揚的生命活力，一到深秋，後院又是一番景色。夏日除草，秋天掃落葉，已成為我與老妻爭相操作，視為最富情調的一項體力勞動。工作完畢，沖個涼，泡一壺茶，然後二郎腿一翹，真舒服！國家主席也不想幹了。

春之札記

不久前，妻從苗圃攜回一株杜鵑，深綠的枝葉，托出一兩顆淺紫的花蕾，根部裹在一堆黑土中，神情黯然，有小女子被出賣到外縣的那種哀怨。妻要我把它種在陽台的花缽中，套一句文藝詞兒：她想把春天移到家裡來。我順手接過來，怎麼看也不像是出自名門的異種，但我還是勉強卻很細心地把它種植起來。洗好手，就一直站在花缽子旁守候著，好像杜鵑花馬上就要怒放似的。

多麼單純的意念啊！

那天下午落著雨，淅淅瀝瀝，綿綿不絕，春雨就是那個樣子，它能使你在窗口靜靜地站上半個小時而不知究竟為了甚麼。好像有點激動，或者感觸什麼的，但用心去想它時，腦中又呈現出一片空白。

樓房的右側有一口小池，有幾個人打著黑布傘在釣魚。「孤舟簑笠翁，獨釣寒江雪」，既沒有孤舟，又沒有雪，雨中的黑布傘只有使人更加煩躁不安，哪裡去尋千年前柳宗元心中的那份寧靜？

很久沒有這種懨懨的情緒了，低頭看看剛栽下去的那株杜鵑，真想把它拔起來。我害怕它開花，害怕面對那熱鬧過後，緊接著就是那落英繽紛的殘敗結局。連我自己也不懂這是一種甚麼心態，你可能會說這有「懷春」的嫌疑，廢話！懷春是少年時期臉上長滿青春痘之前的一段心理過程，而我現在不但沒有了青春，連痘也沒有了，哪有資格做那種奢侈的夢。靠在窗口看雨也好，想心事也好，反正不是為了風雅，也非感傷。春天來了，來就來吧！與我何干？春去花殘，去就去了，何傷之有？

話固然說得很瀟灑，但春天畢竟是一段美好的時間，這段時間人人珍愛，卻也有人不惜一寸一寸地浪費掉，等美好的日子過完了，又得裝作多愁善感的樣子，寫一些酸不里幾的，幾乎可以揑出淚水來的詩詞，以示痛惜與追悼。其實，我這麼說，並不是因為我突然變得如此犬儒起來，或者我的胸襟提升到達者的那種境界，只是覺得，人也無非是大自然中的一沙一石，一草一木，與萬物同枯同榮，該是什麼結局，就是什麼結局。

不過，人一到中年，對時間特別敏感倒是事實。日影西斜，一天又過去了。花開了，又已凋零，墜落在泥上那付受盡委屈的神情，跟去年沒有兩樣。每天早晨，我最怕的有兩件事，一是照鏡，一是翻日曆，手一接觸到那疊日漸消瘦的日曆，就會發抖。年輕人喜用「靜悄悄地」這一類副詞來形容時間的消逝，但四十歲以上的人，恐怕得用「轟隆隆地」來形容時間腳步的急促，才夠準確。時間是在我們的身上、心上狠狠地踩過去，我們實在經不起它的蹂躪。

小時候做作文，在「模範作文」中學到一些「光陰似箭，日月如梭」之類的陳腔濫調。及長，又在一些文藝作品中學到所謂「時間列車」的新名詞。何謂時間列車？時間與列車又有什麼關係？

當時懵懂無知，不甚了了，可是現在想過了，這輛列車已在生命中駛去了一大半，除了在我們額頭上壓下幾條深刻的輪痕外，甚麼也沒有留下。

叔本華認為：「死亡可以結束我們的生命，卻無法結束我們的存在。」我的體認剛好相反，死亡只是存在的消失，而非生命的結束。事實上，「存在」只是我們感覺中的一種形式。某種事物的形式，到了某個時候就會消失，但並不就是這一事物本身的消滅，因為它的生命仍可以另一種形式呈現出來。宇宙中形式變化不居，而生命永存。

這就是永恆，也就是時間的意義。

但時間在哪裡？看不見，摸不著。翻日曆時固然使我們在一種畏懼的心境下體悟到時間的流失，但仍然只是一種抽象的感覺。不過，我們可以經常觸撫到許多暗示時間的事物，這些事物是形式，也是生命，生命就是時間。譬如說，一顆種子中就有時間，當你埋下一粒麥子，幾個月之後，你就可以吃到可口的麵包；當你種下一粒松子，數十年後，你便可以在亭亭蓋蓋的松樹下享受到它的蔭涼。我們也可以在小溪中看到另一種時間，溪水流過之處，大多是崢嶸的亂石，但若干年後，石頭已被磨光、腐蝕。海洋有著無從測量的遼闊與深邃，時間創造了它那美麗而神秘的生命。我在〈煙之外〉這首詩中說：

左邊的鞋印才下午
右邊的鞋印已黄昏了

時間就在潮水的一漲一落中消失。當你在退潮的沙灘上拾到一枚亮麗的貝殼時，你可知道它是經歷過多少歲月才能換得這一身光燦的外衣！

我們常說「把握時間」，可知時間並不是一種抽象的概念，只要我們活得不那麼匆忙，我們隨時可以感覺到它的存在。譬如說，如果你不必為了趕一輛即將到站的公共汽車而奔跑，你也許可以從馬路旁的石縫中，看到一株小草正在探首外望，可以看到路旁樹上的葉子正轉過臉來承受陽光的哺育。如果你漫步經過一片田野，你也許會在無意中聽到種子在泥土下爆芽的聲音，感受到花蕾是如何舒展為一朵鮮豔的玫瑰，不錯，扁豆花枯萎了，落了，但生命仍然以另一種形式存在著，存在於它那青青的豆莢中。

生命是美好的，豐富的，但你能不感到時間的震撼？

窗的美學

當暮色裝飾著雨後的窗子
我便從這裡探測出遠山的深度
在玻璃上呵一口氣
再用手指畫一條長長的小路
以及小路盡頭
一個背影
有人從雨中而去

這是我早年寫的一首小詩，如就我的整體風格而論，這只是我所有作品中的一件手工藝，但卻被許多詩選所採用，且頗獲讀者喜愛。這首詩有情節，有呼之欲出的人物，以及一種令人感到撲朔迷離、疑真似幻的氣氛。在這首詩中，我把窗子當作一個探測外在世界的心靈觸角，讓想像在一個有限的框子裡作無限的飛翔、幻化、停格、擴展。

我的窗子永遠是一幅畫，其內容隨四季的嬗遞而變換，春夏多是彩色的油畫，而秋冬則日漸滲開為一幅沉鬱的水墨。在北美，十二月至三月之間多雨，畫面大多變得朦朧而陰黯，有如張大千的潑墨，可探測出這山的深度，但也不免令人窒息。如遇大雪，情況又自不同。在窗下看雪，實為一絕美的經驗。去年十二月初某日清晨，隔著窗玻璃只見飛舞的白雪夾著黃色的落葉，冉冉地飄落在綠色的草地上，這頃刻間呈現眼中的色彩繽紛的景象，美極了！只看得我心曠神怡，如醉如痴，不知身在何處。我家後窗正對著溫哥華的北山，山頂終年積雪，當晴天萬里無雲時，遠遠望去，總會把那皚皚的絕峰想像為一個纖塵不染的神話世界。

明末張潮在《幽夢影》中說：「窗內人於窗子上作字，吾於窗外觀之，極佳。」如果他看到我在窗玻璃上呵一口氣，然後畫一個人向雨中的遠方姍姍而去，不知他有何感想？

29 神與物遊

黃昏時，窗前獨坐，手中捧著一杯熱茶，氤氳中只見金色的夕陽鋪蓋在翠綠的白楊樹枝上，渲染成一種極為豐富而又十分複雜的色彩，予人以寂寞的美感，但這時我的心境有著出奇的寧靜，思想飄得很遠，越過籬笆，飄向對面那積雪未化的遠山，這或許就是「神與物遊」的狀態吧！「神與物遊」是我們在觀賞自然美景時產生的那種恬然自得、心曠神馳的心理活動，也是中國傳統的審美方式。這四個字出於劉勰的《文心雕龍・神思》篇：「文之思也，其神遠矣……吟詠之間，吐納珠玉之聲；眉睫之前，卷舒風雲之色，其思理之致乎？故思理之妙，神與物遊。」這裡講的是藝術創作醞釀時的心理過程，與前面所述我倚窗冥想所引起的審美感受，有著微妙的關係。就哲學的層次而言，「神與物遊」也可能是「天人合一」的另一個說法，譬如詩人在靈感驟發時，他的神思不只是與萬物同遊，實際上是與萬物融為一體。禪道講究妙悟，詩道也講究妙悟，但如何才能掌握到妙悟？我認為最重要的是把主體生命完全契合於客體事物之中。當我想寫一首「河」的詩時，首先在意念上必須使自己變為一條河。「採菊東籬下，悠然見南山」，陶淵明在創造這首詩的意象時，他本身已與南山合而為一了。我曾談到，詩人在他的創作中表現「真我」，首先必須把自己割成碎片，而後揉入一切事物之中，因而個人生命與天地生命密不可分，太陽的溫熱也就是我血液的溫熱，冰雪的寒冷也就是我肌膚的寒冷，我伴著雲絮而遨遊八荒，海洋因我的激動而洶湧，我一揮手，群山奔走，我一歌唱，果樹便開始受孕，葉落花墜，我的肢體也隨之碎裂成片。「與可畫竹時，見竹不見人，豈獨不見人，嗒然遺其身，其身與竹化，無窮出清新」，蘇東坡的「身與竹化」，不僅是神與物遊，也和我的「物我同一」論不謀而合。這些想法近乎玄思，但對一個藝術家或詩人而言，卻是真實的體驗。

杭州二三事

初春期間，人特別敏感。昨偶然中翻閱一本三十年代的散文選集，其中發現在周作人、豐子愷、魯迅等人的文章中不時提到杭州如何如何。「從南京的旅館回到杭州的寓所，感到十分自在」，豐子愷這麼一句簡單的話，跌跌撞撞到了我的眼前已是六十多年了，但「杭州」二字對我仍是那麼新鮮，那麼有吸引力。這時我坐在窗口的書桌旁，頓感魂魄飛揚，悠悠蕩蕩地從記憶中去了一趟煙雨江南。

杭州是我在大陸最喜愛，也最令我懷念的地方，十年內我已去了三趟。不錯，西湖很美，杭州有不少好友，撇開這些姑且不提，杭州對我來說就像一個很熟悉的舊夢，隨時都想回去一遊，我的中國歷史情結，文化鄉愁，全維繫在杭州的人物、風情，和傳說上。

我在一九八八年中秋，與一群台北詩友首次訪問這個風華絕代的名城，接待我們的也是一群湖畔詩人，至今仍在繼續交往的有龍彼德、駱寒超、胡丰傳、崔汝先、董培倫、葉坪等幾位。他們帶著我們遊西湖，逛靈隱寺、雷峰塔，沿著白堤、蘇堤踩著落葉散步，去虎跑泉吃茶，在斷橋上俯首看秋風啃食殘荷，在樓外樓吃西湖醋魚、東坡肉、蓴菜湯……。該還的債都還了，包括歷史的和情感的，除了精神上的豐收外，當然事後也寫了不少詩，都收在《天使的涅槃》詩集中。

杭州是一個充滿感性的地方，它的美只須通過感覺便可攫住。譬如「柳浪聞鶯」，就是這麼一個浪漫得醉人的景點。一天清晨，我獨自閒閒地到湖邊去散步，只見煙籠湖水，落葉遍地，既無柳浪，也聽不到黃鶯兒啼叫，春天的嫵媚景色只能在想像中領會，所以我便寫了這麼幾行詩：

風來時
當可聽到隔世的啁啾
那便是
柳浪聞鶯

第二次遊杭州是一九九二年的初春三月。首先偕妻回湖南衡陽老家過年，接著赴湘潭訪友，並在大雪紛飛中去韶山參觀了毛澤東的故居，歸途中不但感到氣候的嚴寒，也體味到歷史的冷酷。二月中旬到了杭州，順便由龍彼德兄陪同遊了一趟蘇州，繼而由葉坪陪我們上黃山看雪，再回到杭州時已是三月三日了。

這時正是春寒料峭，西湖景色開始一點點展現迷人姿態的季節。最敏感的是楊柳，我們上黃山之前湖邊的柳樹還只是疏疏朗朗的禿枝，不到一個星期我們返回杭州時便都冒出了鵝黃的嫩芽，有點少女的味道，用手觸摩它一下，好像要格格發笑似的。

據說當年白居易任杭州刺史時，即發動環湖栽柳，而且一株楊柳夾一株桃樹，四五月間整個杭州便浸泡在紅綠掩映的彩色繽紛中，天地間一片春意，把西湖鬧得說多風流便有多風流。

西湖宜於晨遊，清晨遊人稀少，不如白天熙來攘往，人聲嘈雜之令人敗興。那天我和妻由一位年輕詩人小劉作伴，八點之前即趕到白堤，穿過重重垂柳，沿著湖岸漫步而行。這時霧未散盡，水面一層渺渺的煙波；靜得出奇，幾乎可以聽到身旁樹枝爆芽的聲音。不知從何方位傳來一陣欸乃之聲，幾分鐘後，一艘小船從霧中穿出，還沒有看清人的臉，又消失於煙水之中。

此時，晨陽正透過柳枝的空隙直灑而下，全身倍感溫暖。來了一陣風，吹得那雖無綠葉卻體態窈窕的柳枝狂搖大擺起來。張潮在《幽夢影》中說：「美人要以花為貌，以月為神，以柳為態……。」我望一眼身旁的擺柳心想，這種姿態的美人也未免太風騷了些。小劉正忙著為站在一株含苞待放的桃樹下的妻拍照。我說：「可惜花尚未開，見不到人面桃花相映紅。」不料妻靈感驟發，顧而答曰：「等我們回到台北時，照片中的桃花就會盛開了！」好詩！

我的日本情結

野蠻殘暴，侵略成性，日本曾給我忿恨的理由；勤勞刻苦，科技建國，日本曾給我欽佩的理由；世界野心，島國胸襟，日本曾給我鄙視的理由。我的日本情結既複雜而又單純，單純到我幾乎不認識這個民族。最近日本東映公司攝製了一部《尊嚴——命運的瞬間》的電影，再度暴露了日本橫蠻強悍，死不認錯的軍國主義思想，也再度點燃起我對這小小島國的積忿。

這部電影已於一九九八年五月廿三日正式在日本公演，明目張膽地宣揚並肯定日本在第二次世界大戰中侵略中國與亞洲各國的動機，說什麼發動太平洋戰爭是為了自衛，為了「從英美的殖民統治下解放亞洲」，而對於南京大屠殺這一段血腥歷史則矢口否認，絕不認賬，認為這是中國人沒有事實根據的「揑造」，所以天皇無罪，東條英機和若干戰犯無罪，說什麼判處他們死刑的東京裁判是「勝利者對失敗者實施的不公正裁判」。東條英機等反而成了「為維護日本民族的尊嚴」而死的英雄。如此顛倒是非，歪曲歷史的行徑，實際上是近十年來日本一批顢頇右派政客興風作浪的一次高潮。前幾年，日本自民黨一百多名國會議員組成所謂「光明日本國會議員聯盟」，發動攻擊日本歷史教科書，要求修正或刪除南京大屠殺的紀實。據說這影片的策劃與製作，是在廣島原子彈下復活的亡魂——右派政客——長期起鬨的結果。

我每到一國旅遊，都有紀遊詩發表，唯獨日本，我曾去過兩趟，但毫無所感。我對日本的冷漠其來有自。抗戰期間，我個人只不過是大時代中的一粒小泡沫，但我卻也是一位親身經歷的歷史證人。抗戰末期我還是一個念初中的大孩子，在湖南家鄉有一次曾被日軍擄作挑夫，由於反抗，當場被一日本兵橫腰掃了一扁擔，打倒在地。這是我個人和日本的一段小小過節，與南京大屠殺或其他地區燒殺姦淫的慘劇相較，實在算不了什麼，但當年被辱的這段往事，卻是我心底一抹永難消失的陰影。

遊興

最近動了遊興，一個月之內遊覽了北美兩大勝地：美國首府華盛頓特區和加拿大風景絕美的洛磯山國家公園。

一九九八年六月上旬，我應邀在紐約法拉盛區辦了一場書法個展，並趁便偕妻隨旅遊團玩了一趟華盛頓特區。說「玩」，實有瀆神聖，因為這個特區，尤其是以白宮為中心的這個國家公園，其中全都是美國歷史與文化的紀念豐碑，以及美國立國精神與夢想的象徵，遊歷一番，哪怕是走馬看花，你也不難感受到一份生命意識的沉重，一種人類新文化的躍升。那些大人物如傑佛遜、林肯、華盛頓、羅斯福，那些前仆後湧犧牲於韓戰、越戰中的美國青年，不論尊卑大小，一一栩栩如生地矗立在我們面前，猶之一本本厚重的歷史書。林肯紀念堂在這頭，國會大廈在那頭，中間隔了一個阿甘曾在反越戰遊行時往下跳的大水渠（見電影《阿甘正傳》），和一座一柱擎天的華盛頓紀念碑。這些景象早已在電影、電視、照片中看到過，本不足為奇。可是當面對這些雄偉而具象徵涵意的建築物時，我頓時感到被震懾的窒息，在意識到生命無常之餘，也深深體驗到生命的莊嚴與豪情。

也走了一趟白宮，除了需要排隊耐心等待所引起的不快之外，可說印象模糊，其豪華典雅的氣派遠不如列寧格勒的冬宮。對我這遊客來說，現存的、活著的也許只是現象，過去的、亡故的才是歷史。

遊洛磯山脈，尤其是包括露意詩湖的班芙(Banff)，在感覺上就完全不同了。遊華盛頓特區是知性之遊，遊班芙則純屬感性經驗，一種對大自然純美的饕餮，一種對湖光山色無條件的投懷送抱。天下名山勝景甚多，我獨愛中國的黃山和加拿大的班芙。這二處景色容或不同，但都顯得聖潔而神秘，深沉而又多變化。總覺得與它們有一段難以接近的距離，卻又感到一種莫名其妙的親切。來了不捨得離去，離去了還想再來。

愛之船

多年前，台灣曾播映過一部電視影集：《愛之船》(Love Boat)，我看過幾集，頗感溫馨，當時暗想：但願今生也有機會搭乘此船作數日逍遙之遊。

移居溫哥華之後，始知此地正是「愛之船」的啟航點，這更增加了我買棹一遊的興趣。去年九月間，正值天高氣爽的金秋季節，老友葉維廉教授突從聖地牙哥打來電話，邀我夫婦聯袂乘「太陽公主」號愛之船同遊阿拉斯加。

上船後，我發現乘客大多為風燭中的「夕陽美人」，也就是年齡老邁而仍恩愛的美國夫婦，這或許正是「愛之船」這一頗富浪漫性的名字之由來。海上航行六天，沿途波平如鏡，風光宜人，大家秋興甚濃，因而食慾大增，每天至少五餐，嘗遍了西洋各國名菜，據說旅客返家後，每人的體重都要增加數磅。船要在阿拉斯加沿海的幾個小鎮停泊，讓乘客下去小遊。我們去了三個地方，覺得並不好玩，乏善可陳，令人印象深刻的是乘船遊覽冰河灣的國家公園 (Glacier Bay National Park)，這倒是一次新奇而具震撼性的經驗，肯定值回票價。

船沿著海岸緩緩航行，一路見到多處島上峰頂覆蓋著皚皚的千年積雪，遠遠望去，疑為神仙的居處。進入河灣之後，船即開始向一巨大冰河駛近，幾乎伸手可及。資料說：這一帶的冰河厚達四千公尺，寬二十公里，長一百餘公里，佔全世界所有冰河三分之二。

面對天地間如此古老而壯觀的自然景象，一種肅穆和神奇的宇宙情懷不禁油然而生，這裡的事物絕不只是現象，而是一種凝固的永恆。總覺得森森然的冰河中，可能隱藏一些千年的精靈和某種超自然的力量。據冰河專家發現，凍結的冰層中居然仍有蟲子存活，其生存方式極為神秘，牠只活在酷寒中，冰河融化，溫度升高即告死亡。

我感覺到，冰河裡面有一些東西在蠢動，要求釋放，那也許就是愛斯基摩人的夢。

又想起了雪

每次進入書房，負手獨立窗口外望，便不由得想起大雪紛飛的情景。

去年那場大雪下得好不叫人興奮。晚上，雪已停，萬籟俱寂，只見半輪月亮從堆滿雪片的白楊枯枝間映照而下，構成一幅「明月照積雪」的奇景。次日上午，聖地牙哥的老友葉維廉從電視中得知溫哥華正在下著生猛的大雪，特來電話詢問有無災情，老妻則以驚喜多於驚悚的語氣答曰：「白色恐怖！」這時，我正在後院揮汗鏟雪，堆起一個比我自己還高還胖的雪人。沒有嘴臉怎麼辦？老妻靈感驟發，遞給我三只圓圓的褐色茶杯，我拿來往那死板板的臉上一按，頓時長出兩眼和嘴巴，雪人竟然活了起來。

去國數十年，還來不及返鄉探親，母親已告去世，哀痛之餘便寫了一首悼亡母的長詩〈血的再版〉，其中一節即寫到夢裡在大雪中回家探母的情形。記得當時我一面寫，一面熱淚盈眶，其中有這麼幾句：「母親，我不曾哭泣／只痴痴地望著一面鏡子／望著鏡面上一滴淚／三十年後才流到唇邊……。」

《世說新語》中有一則關於雪的故事，讀來令人莞爾：

王子猷居山陰，夜大雪……忽憶戴安道，時戴在剡，即夜乘小船就之，經宿方至，造門不前而返。人問其故，王曰：「吾本乘興而來，興盡而返，何必見戴？」

王子猷這種無所謂的心境，實為一種無心無欲，曠絕千古的禪境，自然不是今天工商社會中一般凡夫俗子所能體味。

多年前，我也有過遇到「夜大雪」的奇想。那年寒冬，台灣合歡山飄雪，我準備攜帶幾斤狗肉，兩瓶高粱酒，邀幾位朋友上山賞雪。想像中，我們圍爐飲酒，佐以香氣四溢的狗肉，這時恍惚中突見一個和尚，身披破衲，從山門外冒雪跌跌撞撞向我們奔來。

抬起醉眼一看，這不是魯智深嗎？

在火焰中看到母親的臉

十五年前的母親節，我曾把一首長達五百行的悼亡母長詩原稿一頁頁點燃，焚祭母親在天之靈。當時是以一種愉悅的心情來進行如此嚴肅的事，因為那是四十多年前離家後第一次感覺最接近母親的一刻，我在火焰中看到她那美麗而略帶苦澀的臉。

記得焚詩祭母這一儀式是在一個梅雨的下午舉行的。台北五樓陽台上一片積水，牆角那株紫藤已有了淺藍的花蕊，抬頭只見遠山雲霧繚繞，祭典便在如雨如霧的心境下開始。其實哪談得上什麼祭典，連香燭都未置備。這只能說是心祭，不，是詩祭。我一面默默地撕著一疊稿紙，一面在心裡喚著母親，在一根火柴的爆燃後，詩稿灰飛煙滅。烈焰中我彷彿抓到了母親那隻冰涼的手……。

母親是在一九八一年四月間去世，當時兩岸關係尚未解凍，噩耗是由大哥請香港的葉維廉教授傳來台北。初時我雖承受著突來的哀慟，卻沒有眼淚，只有近乎麻木的怔忡。母親死時已屬七十高齡，算是壽終正寢，如以莊子的觀念來看，這不過是一種正常的物化現象，沒有什麼可悲的。但對我而言，哀慟的是三十年前的一別，只因一通簡短的電話，母子即成永訣。尤其每當母親節，一想到臍帶兩端所繫的血緣親情，母親的慈愛和撫養我兄弟七人的辛勞，便難以釋懷。去國數十載，由於人為的政治因素，竟變成有家歸不得，對母親生前既未能奉養，病中不能前往探親，去世後又無法回家送葬，這才真是一種無可奈何的悲哀，人間永遠無法彌補的憾事。實際上這種悲劇已在許多人的身上發生過，成了這個時代的共同經驗。因此，我的哀慟也是千萬中國人的哀慟，我為喪母流的淚也只是千萬斛淚水中的一小滴，以小喻大，我個人的悲劇已成為一種象徵。縱然目前兩岸已可自由來往，但引起這類悲劇的政治傷口仍在發炎，何日才能痊癒？

一盞風燈

上個星期天，古華兄約我夫婦，還有來溫哥華度假的小說家、戲劇家馬森教授，以及作家廖中堅等前往素里逛跳蚤市場。氣溫很高，據說是溫哥華廿年以來最熱的一天，由於我們帶著尋寶與獵奇的心情而去，故在烈日的曝曬下逛了一個半小時，雖然每人曬得面紅脖子燙，大家的興致卻很濃，每人都有斬獲，我回家一檢查，發現選購的四件物品中，我最中意的是一盞古意盎然的風燈。

這是一盞長形的，用八塊玻璃嵌成的八角古銅風燈，遠看猶如中國古時的宮燈，也有點像民國初年民間用的，外面套有防風玻璃罩的馬燈。這絕不是舊貨攤上的破銅爛鐵，而是一件民俗品，也許沒有古董的價值，但觸摸它就像觸摸逝去的時間。由於它給人一種閒雅的感覺，我總以為它乃出身某一豪門巨宅，縱非如此，也決不是小戶人家所有。它有一種氣派，頗像一位落魄江湖的寒士，微塵中撐起一身銅質的傲骨。拎在手中，感到十分沉重，宛如一部歷史，隨時間的持續消逝而加重。它原先隨便扔在雜亂的舊貨堆中，毫不起眼，經我擦擦洗洗，一番撫摩之後，把它懸掛在後院的走廊上，居然脫胎換骨，有了生氣，又恢復了往日光照寰宇的英姿。

45　一盞風燈

夕陽西沉，暮色漸濃，我把風燈的電插頭插上，玻璃罩內三個小燈泡在落日餘暉中發出淡淡的幽光，一直要到晚上九點以後，風燈才開始顯出它的個性來。光線不強而穩定，懸在簷角，夜風吹得微微擺蕩，為安靜的院子增添了些許淒涼。我突然聯想起「風雪夜歸人」這個意象。這位夜歸人不一定是家人，也許是一位深夜乍然來訪的老友。時序秋末，木葉凋零，只見一個鬚眉皆白的漢子，手中提著一盞風燈，臉藏在翻過來的大衣領子後面，施施而來，踩得滿階的落葉漱漱作響。我順手接過他的風燈，掛在屋簷下，正哈腰延客入室，驀然回首，那人不見了……。

共傘

共傘的日子
我們的笑聲就未曾濕過
沿著青桐坑的鐵軌
向礦區走去
一面剝著橘子吃
一面計算著
由冷雨過渡到噴嚏的速度

這首小詩意象單純，語言淺近，情感則淡中見濃，別有興味，近乎唐人絕句的手法。詩寫於一九八一年，但詩中的事件則發生於一九六一年，時隔廿年才得以成詩，這份情感為何能蘊藏那麼久，連我自己也說不清。不過有一點我可以肯定，即當時我的確有過那麼一段寧靜而溫馨的生活。那時結婚不到半年，我在台北市區工作，而猶帶新娘味的瓊芳則在台北郊區平溪鄉的小學教書，每逢週末，我便搭乘火車前往平溪與她相聚，及到星期一早晨，留下兩天的歡愉和一包換洗的內衣，再搭車返回台北上班，數年如一日，風雨無阻。

平溪是一個礦區的小鎮，當時因交通不便，外來的遊客不多，但眾山環抱，碧樹連天，風景絕佳。妻在小鎮街尾租了一間小樓，樓外是一條狹巷，巷尾就是鐵道的終點，偶爾有運煤的小火車轟隆而過，平日不免吵人，週末則十分安靜。小樓右側是小鎮上唯一的一條街，全由青石板鋪成，雨後特別清亮，幾聲木拖鞋踢踢踏踏，襯托得這小小的山鎮格外孤寂。黃昏時，妻常陪我上街閒逛，順便買點小菜回到小樓做晚餐，有時在街邊買一包橘子，沿著長長的懶懶的鐵軌散步，一面聊天，一面剝著橘子吃，還把橘皮互往對方的臉上扔，就這麼笑著鬧著一直漫步到另一礦區菁桐坑為止。有時半途遇雨，便撐開雨傘，相互共擁一個甜美而神秘的小天地，兩人默默而行，在微雨中走了很久，及至被一聲噴嚏驚醒，才發現傘外一片幽黯沉寂，遠遠望去，小樓上的燈火閃爍，似乎在招手，呼喚我們回家。

在傘因兩人相共而顯得更圓的時候，你會突然發現世上的道路並不像一般人想像的那麼漫長而崎嶇。

懷念卞之琳

三〇年代出道的詩人卞之琳，是中國現代詩的前輩，數年前另兩位老詩人馮至、艾青相繼去世，使得卞老更形孤寂。在中國大陸，一切由意識形態把關，也許因為左得不夠鮮明，卞老一直未能獲得當局的器重，和文壇上應有的地位，但在台港和海外，卻甚受詩界的推崇，在讀者和評論家的心目中，艾青、臧克家的地位遠不如他。

我對卞老心儀已久，從他早年談詩的文章中，我發現在詩的觀念上我們十分接近，尤其在對美學的認知和對詩本質的把握上，我們都有某些心靈上的默契，然而我與他卻有一段發展不算良好的關係，說來令人感慨。一九八八年秋我初次訪問北京，見到了卞老，事後寫了一篇〈詩人卞之琳初晤記〉，其中提到我在出發大陸之前，如何準備錄音機等一切應用之物，計劃與他做一次對談，一次詩的訪問，但到了北京後，不料在安排專訪的時間與地點上遭遇到出乎意外的困難，終致訪問計劃胎死腹中，至今猶感遺憾。

縱然如此，這次北京之行，我與卞老還是有機會在座談會和宴會上見過幾面，雖未深談，彼此的印象應該說是不錯的，我對他執晚輩之禮，而他也一再稱許我的詩，尤其對我那首〈寄鞋〉讚不絕口，臨別時我特別簽名送他一本詩集，不料我一時疏忽，把卞老的名字誤寫成「卞子琳」。當時未曾發覺，一直到一九九三年九月我應邀去重慶參加西南師大中國新詩研究所舉辦的「華文詩歌國際學術研討會」時，才從一位研究生嘴中得知，卞老為此事大為不快，順手便把我贈他的詩集送給了這位研究生（他的筆名為江弱水，詩與評論均有可觀，其作品經常在台灣詩刊上發表），而且說：「這不是給我的，如果你喜歡你就拿去吧！」當時我聽了感到十分難過，但從那次北京之行後，就再也沒有和卞老見面。卞老今年已屆九十高齡，我也垂垂老矣，很難說今生我還會有當面向他表達歉意的機會。

真相大白

日前老友名畫家莊喆來溫哥華展出新作，趁便我邀他來家中小敘，飲酒聊天，吃老妻的獨門手藝——蔥油餅，作陪的另有鄭勝天先生與洪子珺女士。

莊喆卜居紐約多年，一九九三年三月我曾到他家中做客，日子一晃，稀里嘩啦數年又過去了，於今老友海外重逢，談興甚濃，但我發現莊喆不時向我頭上打量。這時大家酒酣耳熱，有的額角微微冒汗，而我頭上卻戴著一頂法式黑呢便帽，一直無意取下。莊喆愈看愈感狐疑，向我問故，我只好摘下帽子，老友抬頭一看，近乎驚呼地說：「啊！真相大白。」原來半個月前，我在老妻敦促之下，把一頭染過的髮全都剪光。事實上，在剪髮之前，頭髮有些黑，有些白，還有些黑白相間的蒼，偶爾出現一小撮的黃，諸色雜陳，亂如秋草敗葉，兩鬢雖屬邊陲，髮根尚稱茂密，但頂上中原地帶卻已大部分空虛，只剩下一小撮殘兵弱勇留守。莊喆所看到的，正是剪光半月之後長出的一堆長長短短的森森白髮。

某日，下了很大的決心才把染了二十多年的頭髮一掃而光。回到家來，老妻一看大驚，還以為闖進一位外星怪客，叫我趕快戴上一頂帽子。我對鏡一照，也因瞧見鏡中那顆陌生的頭顱而頓感恍恍惚惚，愣了半天。這位老者何人？這時黃昏將近，我順手拉起窗簾，但見一片無限好的金色夕陽從窗口透入，絢麗之極。

這種驟起驟落的微妙心理變化，戴上一頂帽子之後才得逐漸穩定下來。這是什麼心態？不敢面對現實，非以鴕鳥式的自欺欺人不足以在暮年的生活上取得平衡？其實未必，當我聽到另類意見之後，似乎又漸漸恢復了自信。譬如有人說：「不錯嘛！看來很有精神！」甚至有人調侃說：「有魅力，看起來像董建華。」可是我不能為了這樣近乎肉麻的話而沾沾自喜，便像揭鍋蓋似的逢人便拉下帽子讓人觀賞。問題是，你把帽子蓋得愈密，別人好奇心愈重，非得千方百計把它摘了下來瞧個究竟不可，這可能就是莊喆忍不住要揭發我這一點點隱私的緣故。

據說染髮是人工駐顏，留住歲月的方法之一。姑不論此說是否可靠，但染髮已成大多數現代人的一種生活時尚，一種利己不損人的做假確是實情。我們除了在古詩中讀到「白髮三千丈」、「白頭搔更短」等句子外，在日常生活中放眼一望，不論街頭或公共場所，很少看到白髮的景象。打開電視機，螢幕上不管是達官顯要，名媛貴婦，也都是滿頭青絲黑髮，白頭人難得一見。據說某些機關公司，內部規定主管人員必須定期染髮，以肅儀容，增添辦公室的青春活力。關於染髮，有兩極的看法，一是：從鏡中看到一頭稀稀落落的白髮，自覺老邁不堪，生趣大減，以致生活失去自信，工作情緒低落，精神日趨衰頹。另一說法是：人不能違背自然規律，春暖則花開，霜降則葉凋，這都是一種非人力所能挽救的必然現象。宇宙中事事物物的現象都有它的相對關係，有白天，便有黑夜，有春陽，便有冬雪，有生便有死。莊子在〈大宗師〉篇中說：

死生，命也，其有夜旦之常，天也。人之有所不得與，皆物之情也。

人老血衰髮白，是有其不能隨主觀意志加以改變的必然性，如硬要改變自然之道，即「物之情」的悖逆。可惜世上懂得這個道理而奉為生命信念的人太少；有人說《莊子》諸篇是一種衰世的哲學，我倒認為這衰世哲學，大可用來克制這盛世中鬱鬱勃發難以抑制的慾望。

「白頭搔更短，渾欲不勝簪」，杜甫寫〈春望〉是唐肅宗至德二年，時年四十六歲，其時他為安祿山所擄，困於長安，故詩有國破家亡之痛。四十來歲便白髮蒼蒼，難怪他老得那麼快！我是在五十歲之後才偶見白髮，當時流行染髮，我也未能免俗。開始總覺得有點彆扭，記得第一次染了髮去參加一次宴會，席間談起養生之道，各敘己見，眾說紛紜，鄰座一位不太熟的朋友忽然側過臉來，向我頭上打量：「老兄還能保持滿頭黑髮，真是駐顏有術！」「哪哩，化學處理過的。」我回答得頗為靦腆。

不過久而久之，也就無所謂了，猶如早年和張默、瘂弦等辦詩刊，由於經費短絀，經常進典舖，初次好像做小偷，心虛膽怯，次數多了就不在乎了。

五十歲之前，我曾說：皺紋是生命哀歌的五線譜，白髮則等於向無情的歲月豎白旗。飽嘗人生的酸楚，免不了滿腹牢騷。但我最近放棄了染髮，白髮重生，還我本來面目之後，彷彿生命又進入了另一新的境界，這才深深體悟到：皺紋原是智慧成熟的標記，白髮乃是思想凝練的象徵。這話聽來像是酸腐的哲言，但當我跑進浴室，站在一面大鏡子之前，然後摘下帽子一看，唔！好像有點道理。

向鮭魚致敬

日前專程去亞當河 (Adams River) 觀賞四年一度的鮭魚回游。這是一次令人難忘，令人歔欷而沉思的知性之旅，「觀賞」二字實在不宜用在此地，因為我們所看到的乃是一場生命的悲劇。下車時，我第一眼便看到告示牌上貼有一張說明：「向紅鮭致敬！」(Salute to Sockeye) 因當時遊客眾多，擁擠之下也未看清內文說些什麼，只聽到河邊傳來一片驚呼歎息之聲。

開始我們是以一種看熱鬧、觀賞奇景的心情來到這裡，但看過之後，感到有一種說不出的鬱悶沉沉地壓在心底，有些驚悚、有些悲憫，但更多的是感受到生命的悲涼與無奈，以及無與倫比的尊嚴。

我們先經過一座小石橋，橋上擠滿了男男女女各色人種，我隨著他們的面孔探首下望，果然是一幅奇景：潺潺的小溪中，水流甚淺而湍急，其中擠滿了成千上萬尾鮭魚，每尾都在十磅左右，全身血紅，一尾接一尾地拚命往上游。其實不是游，而是爬、是跳、是衝，不吃不喝游過數千里的旅程，來到此地早已精疲力竭了，這一切都是為了尋找原來的家，然後在這裡產卵，完成綿延後嗣的偉大目的，然後無牽無掛、無聲無息，卻無比莊嚴地死去。

因此，在那狹隘的溪流中，在那萬頭攢動的魚群中，有些是傷殘，大多頭破血流，遍體鱗傷，有些已告死亡，斷頭裂尾，慘不忍睹。傷殘的據說一方面是由於爭風吃醋，相互鬥毆所致，再方面歸咎於拚命向上游躍去時被殘岩碎石割傷，而最後當雌鮭產完了卵，便與守衛身旁奄奄一息的雄鮭雙雙偕亡。鮭魚是一種神奇的動物，有著可歌可泣的一生。牠們有著遠超過人類的體力、耐力，和難以解釋的特異功能，也有人類不可企及的德性：為了一個神聖的目標，不惜以整生的時間和血汗去爭取；牠們一出生即面對一個嚴肅的問題——生與死。牠們是否活得快樂，我們不得而知，但我們確知，牠們死得十分壯烈而又心安理得。

鮭魚有其神奇的一生，說來令人驚訝不已。牠們在太平洋沿岸的淡水河流或小溪中出生，然後游向大海，在太平洋度過下半生，在生命週期將結束的前一年，即開始回游，快速而準確地回到牠們的原產地——那遍布北美的數千條淡水河流——在此產卵，然後死去。

十月間，我們在亞當河所見兩百多萬尾與激流搏鬥，拚命衝上淺灘的紅鮭魚群，就是從幾千里外的太平洋游回來的。在抵達淡水河之前，鮭魚即不吃東西，其長途航行的體力全靠貯存體內的脂肪與蛋白質來維持。據研究鮭魚的專家說，鮭魚體內有一個生理時鐘，時間一到，牠們便會自動按時回到原來的出生地產卵。牠們如何能從數千里之外找到回家的路呢？這個問題迄今還是一個謎，但有些科學家認為：鮭魚的航行主要靠太陽和星辰導航，並利用地球的磁場找到突出的海岸線而沿著航行。最近的資料顯示：紅鮭魚群的遷徙乃是配合海浪的波動，海水的溫度與鹹度而行進的。牠們尤其會利用一種特異功能——嗅覺來找路，可以聞到牠們曾經路過時自己留下的特殊體味。這真是奇妙得令人難以置信。

鮭魚通常於秋末冬初產卵，孵成魚苗後得在淡水河中待一年才慢慢游向大海，度過牠們為期約兩年的成長歲月，最後一年開始回游，一旦進入淡水河流，牠們的顏色與體形都會發生變化：雄鮭會長出鉤狀的下顎，背也會微微隆起。雌鮭此時側身而臥，用力擺動尾巴，挖出一個洞穴，然後伏在其中排卵，而雄鮭（有時數尾）會圍著雌鮭射精，將卵子包住使其受精，最後雌鮭以牠僅餘的一點力氣搧動沙石掩蓋這些受精卵。

完成這一神聖任務後，鮭魚的生命週期即將結束，半個月內便告死亡，部分屍體被鳥獸吃掉，另一部分則在水中化為微生物，作為飼育幼鮭的養料。這使我想起龔定庵的兩句詩：「落紅不是無情物，化作春泥更護花。」

57 原來是同志

以往西方某些國家居然通過法案，使成年同性戀者可以結為合法「夫妻」，當時我們較為保守的一代，聞之無不大為詫異。不料在西方社會，此風日益普遍，今年卑詩省也已立法授予同性配偶以合法地位。日前我在溫哥華市區遇到一個大部隊的遊行，人數多達十餘萬，走近一看他們手執的標語，啊！原來都是同志！

據說同性戀這碼事自有人類即告發生，古代帝王多好此道，我國有所謂「斷袖」、「分桃」的掌故，只是深宮中的事，雖野史多有記述，但都語焉不詳。及到清末，京城一批王孫公子與貴冑之間，「男色」頗為盛行，穢聞頻傳，玩男戲子竟變為一種公開的社交生活。有一種說法是：當時清廷嚴禁官吏狎妓，有錢有閒的權貴和名士，便無聊得把目標轉向年輕俊美的男伶。這些男戲子每次出堂會時，都得濃妝豔抹，易弁為釵，故稱為「像姑」，後來以訛傳訛，錯念成「相公」。

不知何故，藝術家與文學家常有同性戀的傾向，英國的王爾德，中國清末的鄭板橋、袁子才，都有此癖好。三十年前的台灣文壇曾有四大名旦（均為男性），後來都配成了四對同性戀者，他們之間的韻事常在友朋間的茶餘飯後傳播，頗為某些衛道之士所不齒。我對同性戀並無強烈的嫌惡，因為這種事情只發生在兩人之間，並不侵犯他人，為害社會。當然，同志之間的畸形性行為絕不值得鼓勵，絕大多數的男女走的是陽關大道，少數人偏愛羊腸小徑，因而違背了上帝造人的旨意，上帝一怒之下便罰這些深入不毛之地的探險家患上愛滋絕症。據醫學家說，男性精液含有抗原，因畸形性交而經肛門，直腸，再傳入同志的體內而產生一種抗體，可日漸破壞人體的免疫機能，遇病一發不癒，目前尚無藥可治。因愛而死，就男女愛情而言，是謂殉情，值得一掬同情之淚，但不走正途的同性戀性行為，因而染上不治的惡疾，同情者恐怕也只限於同志了。

後記：這是多年前的舊作，最後一段有關愛滋病的觀念，也許今天已有所改變，但社會上大多數人，尤其宗教界，對同性戀的性行為仍存疑慮。

最後的驚喜

昨晚寫好的信，早晨正準備下樓去寄，突然想到有件甚麼事要做，在門口楞了半晌，對，陽台上的花該澆點水了。

我喜歡生活在一個非名理的世界，許多事只知其然，不知也不想知其所以然，形象世界中自有鳥語花香，能接觸到和感受到的無不是真實的生命。譬如陽台上那幾盆花木，我只知道其中五盆叫蘭草，因沒有悉心照顧，怏怏地像煮過的韭菜，三盆剛栽的玫瑰，還看不出它們未來的命運，其餘一盆開紅花而帶刺的，一盆未開花而禿頭禿腦的，一盆剛長出嫩葉的……都叫不出名字來。管它姓甚名誰，養它就得給它水喝。我提著水壺，施施然一路灑將過去。這時，四月的陽光隨著晨風飄來，有著濃冽的酒香。

我想唱兩句歌，一時記不起詞兒，輕輕哼兩聲，配合著水淋在葉子上的沙沙聲，也不失為一種雨打芭蕉的韻味。可是剛一張口，嘴裡冒出的卻是一個驚歎號。我乍然發現那盆長著嫩葉的，竟然在一轉身之間冒出了幾朵小白花，這是多麼令人驚喜的變化。也許是剛才沒有注意，我擱下水壺，蹲下來看個仔細，可不是，一片小白點在綠葉間閃閃發光，就像陽光照耀下瀲灩的湖水。半個月前，這盆甚麼花的還只是幾根枯枝，好幾次想把它拔掉，另外種點別的，但一個禮拜後，居然長出了幾片嫩葉，再一個禮拜，不但枝葉扶疏，大模大樣地有了一番新氣象，而且奇蹟般地開了花，花雖不美，卻有著叫人憐惜的嬌巧。親眼看著生命一點一點地成長，自己也覺得生趣盎然。

水滲入盆子，似乎隱隱聽到根部吸水的滋滋聲。剩餘的水流出欄杆外，向樓下滴。我怕弄濕樓下路人的衣服，連忙俯身往下望，只見兩個小男孩正聚精會神地在解糾纏在風箏上的線，水滴在身旁若無其事。我為他們那種專注神情所感動，頗有泰山崩於前而色不變的定力。記得幾年前，我偶然路過一座四層樓的公寓時，樓上突然掉下來一塊石子，正好落在我旁邊一位鄉下人打扮的中年男子頭上，痛得他齜牙咧嘴，一面撫著頭朝樓上望，一面自言自語著：「好準！」都市中像這麼有涵養和幽默感的人倒是少見。

那兩個男孩仍蹲在地上，跟那隻彩紙紮的風箏在搏鬥，一個用手擦汗，另一個不知說了一句甚麼話，擦汗的手在對方的肩上輕輕捶了下去，頭一偏，沒打著。兩人就這麼一面嬉笑，一面嚴肅地工作著。

住公寓最難以忍受的就是孩子們的喧鬧，尤以星期天的早晨為然。樓下水泥甬道上有跳繩的，跳房子的，溜冰的，搶糖果吃而吵架的，其中以溜冰的聲音最恐怖。張愛玲在一篇〈公寓生活記趣〉的散文中，也曾提到這種聲音的侵襲：「屋頂花園裡常常有孩子們溜冰，興致高的時候，從早到晚在我們頭上咕滋咕滋地鋊過來又鋊過去，像磁器的摩擦，又像熟睡的人在那裏磨牙，聽得我們一粒粒牙齒在牙床裡發酸，如同青石榴的子，剔一剔便會掉下來。」就是這種感覺，寫得真傳神，我描寫不來，只好借她一段。恐怖歸恐怖，但這是生命成長中不可少的騷擾，當年自己還不是用彈弓打碎了多少人家的窗玻璃。想想我又欣然地笑了。

到郵局大概有五分鐘的路，必須經過一座菜市場，一到了星期天，整條街彷彿成了我們家鄉每逢初一十五趕場的鬧市。街兩邊擺滿了菜攤，似乎是一聲令下，所有的主婦都聚集到這裡來，熙熙攘攘，穿行擁擠於公共汽車與計程車之間，大家卻相安無事。菜販多是來自附近的鄉間，有的蹲在店舖旁邊叫賣，有的乾脆靠在電線桿上，把汗水淋濕的上衣順手掛在電線桿的釘子上。籃子裡都是早晨剛從菜圃裡摘下的青菜、蘿蔔、豆莢、番茄，數十公尺長的一片鮮嫩，好像春水盪漾時小溪水面上的一層潤滑的皮膚。

我很喜歡這種熱鬧而又能各安其位的景象，古人勸男子遠庖廚，但毫不影響我對菜市場的興趣。我寧願逛菜市場而不願逛百貨公司，櫥窗內虛誇的裝飾，不如一只白蘿蔔握在掌中那麼可靠。菜市場裡有一種屬於人間的真實感。聽聽那些小販的吆喝！一位婦人為了一塊錢跟賣菜的吵了起來，吵完後錢還是照付，但氣不過，臨走時只好順手抓去一把蔥，旁邊一位警察觀賞了半天，才笑笑走開。吵吵鬧鬧，然後雨過天青，滿天雲霧在另一次討價還價中消散，這是太平歲月中不可或缺的點綴，也許喜怒哀樂就是人生的全部內容。最近在一本談禪的書中看到這麼一段對話：

一高僧問睦州道：「我們每天穿衣吃飯，如何才能避免這些呢？」

睦州答道：「穿衣吃飯。」

和尚說：「我不懂你的意思。」

睦州又答道：「如果你不懂我的意思，你就回去穿衣吃飯吧！」

人為何要在生活之外超越自身呢？人本來生活在無常之中，把無常視為正常，豈不安心多了。人本來生活在有限之中，卻拚命去追求不可得的無限，豈非妄念？

想著想著，信步來到了一家花店。店門口堆滿了各種鮮花，粉紅的劍蘭，純白的水薑花，紅豔的玫瑰，金黃的菊花，香氣四溢，把隔壁魚蝦攤位傳來的腥味沖淡了不少。一位少婦左手牽著一個小女孩，右手握著一束菊花，另一位穿花襯衫的年輕人在挑選玫瑰，想必正準備去會情人。他從右褲袋去掏錢，手一伸出來，一把一元的硬幣嘩啦啦滾了一地，他連忙把手裡揀好的玫瑰猛然往女老闆的手上一塞，刺得她大聲尖叫，然後彎下腰去拾錢，急得滿頭大汗，神情非常尷尬。這時我很想大笑，但突然想起法國現代詩人裴外一首〈在花店裡〉的詩，就再也笑不出來。這首詩所描述的跟我當時看到的情形很相似，詩句淺白，趣味卻極雋永，有著叫人哭笑不得的困惑。大意是說一個人走進花店，挑了一些花，賣花的老闆替他包紮起來。這人伸手到口袋裡去掏錢，但他突然把手擱在胸前，倒下去死了。同時錢灑在地板上滾來滾去，花也扔了一地，賣花的站在那裡瞪眼看著錢在滾動，花在損壞，人在死去，感到一種說不出的哀傷，她想做點甚麼事，但又不知從何著手，只茫然望著這些事在她面前一一發生。詩的最後幾句是這樣：

她不知道
該從那一件開始
有這麼多事要做
那人在死去
花在損壞而那些錢在滾來滾去
不停地滾來滾去

這裡面有著冰冷而刺人的卻又不怎麼令人痛楚的嘲弄，也有著淡淡的生之悲愴，生活中到處都充滿了這種無可奈何的戲劇情節。但世界上的事如果太順當了，太美好了，也會使人發瘋的。

寄完信回來，看到巷口那兩個男孩剛好完成了放風箏的準備工作。一個雙手高高舉起風箏，另一個拉著線向前跑，也許是拿風箏的男孩來不及鬆手，線給拉斷了，風箏只翻了幾個滾便劈頭劈臉地摔了下來。我從他們身旁經過，同情地望著他們笑笑，便上五樓去了。回到書房，我在一張白紙上寫下「斷了線的風箏」六個字，準備作這篇散文的標題，剛一放下筆，乍然聽到樓下響起一片歡呼，我跑到陽台上往下一望，那隻風箏終於升起來了，而且愈飛愈高，飄過我的窗口像一朵美麗的雲。

寒夜讀王維

晚飯後心情有點蕭索，落寞。晚來天欲雪，能飲一杯無？這種辰光哪裡去找共飲的人？於是只好以茶代酒，一面手捧熱茶，一面想著彷彿清晰而實矇矓的一些舊事，心中突然冒出王維的兩句詩：

「勸君更盡一杯酒，西出陽關無故人。」

前年，在離開台北前數日的餞別宴上，猶記老友梅新就曾舉杯對我念過這兩句詩，孰料人生無常，梅新竟在去年十月因病遽爾去世，我那次西出陽關，移居異國，固然見不到故人，然而當我下次返回台北時，故人已杳若黃鶴，僅餘無言的悼念了。

當時，由於這兩句詩的引發，我很想與王維這位詩人來一次千古敘晤。於是我跑上了書房雪樓，捻開桌燈，從書架上找出一本《王維詩選》，順手便翻到我最喜歡的那首名詩〈鳥鳴澗〉：

人閑桂花落，夜靜春山空。
月出驚山鳥，時鳴春澗中。

小時候念私塾，我就讀過這首唐詩，那位老師的文化水平不怎麼高，他和我一樣，讀詩都是似懂非懂，不求甚解，只要我能朗朗背誦即可。後來自己開始寫新詩，經常以閱讀中國古典詩詞來豐富創作的內涵。王維是我最喜愛的古典詩人之一，每當讀到他這首詩，尤其是「月出驚山鳥」這句時，便對他驚人的想像力深為折服。其實好詩不分古今，凡富於創意的作品，千百年後愈發能讀出那種萬古常新的美來，同時這種美也是最現代的。

王維以山水詩著稱，與陶淵明的田園詩，不論境界和情趣都是一脈相承的。他把田園提升為人間的佳境，以表現他那閒適而虛靜的心境。我覺得生活在紅塵滾滾中，精神壓力極大的現代人，最好多讀王維，因為他的詩具有濯濁揚清、洗滌心靈的功效。

中國古典詩大多表現兩種境界，一是閒逸，一是幽靜，王維的詩可為代表。王維這首〈鳥鳴澗〉寫的是江南雲溪春夜的幽靜情境，整個意象就像是一幅水墨畫，清新雅致，讀來有一種恬靜意遠之感，「月出驚山鳥」之句，更提供了一種突兀的美，一份驚喜。

就這首詩的意象和整體結構而言，它呈現出一種完整的美。首先，「人閑桂花落」中的「閑」字，即已暗示出詩人創作時的當下心境，而後配合的意象有靜寂的夜，空空的春山，突然的月出，驚飛而起，又在春澗中哇哇而鳴的山鳥，詩人對大自然這些細心的體驗，無不一一產生了情景交融的美感經驗，也塑造了一個雋永的空靈的意象世界。我們讀這首詩時，最初也最深刻的體悟是雲溪春夜的萬籟俱寂，和整個宇宙的空曠，但正如錢鍾書所說：「寂靜之幽深者，每以得聲音之襯托而愈覺其深。」（見《管錐篇》第一冊）。這些靜寂和空曠，正是由一連串的「動」和「聲音」所形成。「花落」，「月出」是動，但一位具有敏感心靈的讀者同時也可以聽到花落的聲音，月出而驚得山鳥振翅而飛的聲音。因此，這首詩在表現上的兩大條件——意象和音韻——都是成功的。有人曾借用佛經之言：「譬如小澗響聲，愚痴之人謂之實聲，有智之人知其非真」，來評王維這首詩，說它旨在表達一種虛靜寂滅的禪思。詩當然可以作多種詮釋，表現禪趣可以說是王維的主要風格，不過他畢竟是一位詩人，重要的是：他留給後人的是他那獨特的語言藝術形式，以及透過這一形式所表達的美的意境。詩的意境通常是一種單純而永恆的美，尤其是中國古詩，詩中沒有時態，這表示詩人不是從某一特定的時間去觀察，而是在永恆的觀照下呈現出大自然的真貌。許多古詩就像米羅的畫，用一種極為簡單的語言，概括性地表現出日常生活中被我們所忽視的美，正如陶淵明所說：「此中有真意，欲辨已忘言。」

情人節讀情詩

公元三世紀前，一位羅馬基督教主教華倫天奴（Valentine）為爭取羅馬人婚姻自由而遭暴君砍頭殉教，此事為何日後發展為一普天同慶的國際情人節，至今我仍不解。我覺得中國人的情人節應訂在牛郎織女相會的七夕，或梁山伯祝英台殉情的那一天。這兩個神話式和戲劇性的愛情故事，是基於民族的集體潛意識，所以才創造出「願天下有情人終成眷屬」這麼美而善的祝辭，這比有宗教背景的西洋情人節浪漫且富人情味多了。

話雖如此，大家仍難以免俗。今年我照例給老妻買了一束鮮花擺在餐桌上，頓覺滿室生香，一片鮮豔。有人建議：情人節前夕何不約幾位朋友共聚雪樓，誦讀情詩？結果那天應邀而至的有黃冬律師、作家劉慧心、林婷婷、曹小莉，以及因感冒抱病參加的談衛那。大家都拿出詩來念，就是那種情節也許泛黃而真愛猶在的情詩，我還很少聽到如此淒惻哀怨的情詩，尤以曹小莉和黃冬冬的最為動人。

我也提供了兩首：一是〈因為風的緣故〉，這是十七年前我寫給妻子的，最後念到「趕快對鏡梳你那又黑又柔的嫵媚／然後以整生的愛點燃一盞燈／我是火／隨時可能熄滅／因為風的緣故」時，大家一片寂靜，惟見曹小莉眼含淚光，鼻子漱漱有聲。另一首〈愛的辨證〉，是一首論愛情的詩，靈感來自《莊子・盜跖》篇：「尾生與女子期於梁下，女子不來，水至不去，抱梁柱而死。」這首詩共分二式，當讀完莊子這個小故事後，極為感動，很快便完成了第一式，寫的是男子尾生殉情的心路歷程，其中的警句有：「水來，我在水中等你；火來，我在灰塵中等你。」

第二式是第一式的翻案，我擬了與前式完全相反的情節：大水淹來，尾生久等不出，自覺生命十分重要，對不起，他最後還是登岸而去。第一式寫的是傳統的，梁祝式的古典愛情觀；第二式寫的是現代的，面對現實，以理性作選擇的愛情觀。

尼采的智慧

尼采曾說過一句極具震撼性的話：「我不是一個普通人，我是炸藥！」對咱們一向服膺「中庸」哲學，而性情較為「鄉愿」的中國人而言，說這話的人似乎有點神經不正常，性格上有暴力傾向。但尼采絕對是一個天才思想家。天才者，表現於他的「語不驚人死不休」；思想家者，表現於他那超凡絕俗，看似偏激而實精闢深刻地挖掘問題的能力。正由於他的偏激和某種程度的悲觀色彩，他在當代以及後世都受到人們的誤解，所以他曾夫子自道：「所有精神上的革新者，在他們活著的時候，其言論都令人難以接受，但在日後某一時期卻可能被世人奉為圭臬。」

在尼采的十幾部著作中，最重要的有兩部：《悲劇的誕生》與《查拉圖斯特拉》，後者尤為他的經典之作，書中極力鼓吹「超人」哲學，更是敢於面對歐洲基督傳統，大膽宣稱上帝已經死亡。尼采的某些言論的確十分弔詭，叫人難以捉摸，但有些話實為智者之言，譬如他說：「與人相處真是困難，因為在人群中找不到孤獨。」又如：「人的生命不能以時間長短來衡量，心中充滿愛時，剎那即是永恆。」

尼采有哪些話是不為當代人所接受，而日後又被世人奉為圭臬的呢？坊間有一部《尼采語錄》，其中就有許多看似離經叛道，其實是言人之未曾言，深思後才發現有道理。例如：「作家寫東西，不只是要讓人了解，同時更要讓人無法了解。一本書的目的就是要人百思不解，作者並不期望他的作品簡單得不用大腦就可理解。」

這段話並非放之四海而皆準。他所謂的作品可能是指直探宇宙奧秘，生命本源的哲理言論。這段話最重要的是最後一句。事實上像《易經》、《南華真經》以及諸多佛教經典，絕對不是一般讀者所能理解的。我深信，老子著《道德經》時，恐怕他心目中根本沒有讀者，有也只是少數的智者，而日後是否要將這東方智慧加以宣揚，那是智者的事了。

詩人之死

諾貝爾文學獎得主，且被公認為本世紀最重要的拉丁美洲詩人奧達維奧・帕斯 (Octavio Paz) 已於一九九八年四月二十日去世，結束了他那八十四年轟轟烈烈，譽滿世界的一生。

詩人之死，備極哀榮，參加在墨西哥市舉行的追悼大會的人，除了政府要員，社會名流，百萬富商，以及年輕學生之外，會場外還圍著成千上萬捧著鮮花和水瓶的群眾向他致敬。對於一位詩人作者給予如此隆重的追思紀念，我記得也只有當年法國詩人兼小說家雨果在巴黎的哀悼場面差堪比擬。

有人稱帕斯是世界詩壇的大師，也有人稱他為政治自由的捍衛者，更有人尊稱他一聲「墨西哥的祖父」。這位堪稱廿世紀最偉大的墨西哥詩人，他最大的成就乃在透過豐富的想像，把內心的世界和外在的現實綰結融會在一個結構嚴謹的作品中，讀來有一種疑真似幻，而又感覺到「真實」的的確確深埋在骨子裡的超現實意味。

歐美幾位大詩人，如葉慈、艾略特、樸斯等，還有幾位獲諾貝爾文學獎的詩人，都有一項共同經驗，即他們早年都多多少少受到象徵主義與超現實主義的影響，帕斯也是如此，他不但是超現實手法的實驗者，同時東方智慧——包括日本與中國的禪道，以及印度的宗教玄思——對他的創作也有極為深遠的影響。他的詩是靈視的，超越時空的，與當代社會格格不入，頗像不合時宜的蘇東坡。做為一位詩人，他關注的是內心世界，而不是現實世界。拉丁美洲的文學評論家認為：帕斯的詩相當抽象，也最富玄學意味，他不像瓦烈赫那樣的詩只表現生活經驗，他的詩往往是十分抽象而深沉的思維。

我接觸帕斯的詩是近十年來的事，我和他處在兩個完全不同的文化中，但我們的詩觀竟有近似之處，譬如他認為詩不是「說出」，而是「呈現」，而我也認為詩本身是「無言」的，詩人是靠意象來「呈現」思維。

有些詩人生前喜歡為自己留下一首「墓誌銘」的詩，帕斯也不例外，他的〈詩人的墓誌銘〉只有五行：

他試著歌唱，歌唱
為了忘卻
他那充滿謊言的真實一生
為了記住

他那充滿真理的撒謊人生

詩中說明了他以詩人的敏感，充分體驗到他那矛盾的、充滿戲劇性的一生。帕斯不僅是一位詩人，同時他也是一位筆下犀利辛辣，措辭嚴厲的政治評論家，在墨西哥人眼中，後者的身分遠較一位詩人重要。實際上他是一位愛國詩人，他的詩雖為世界各國的讀者喜愛，但這些作品無不植根於墨西哥歷史和文化的土壤。他曾擔任過外交官，出使過美國、法國、日本、印度。外交生涯不但使他有機會深入歐美現代文藝思潮，和東方的文化藝術，而且也日漸以人道主義者的形象介入政治。一九六八年他因抗議墨西哥政府屠殺無辜的學生，憤而辭去印度大使的職位。在出任外交官期間，他曾寫過不少優秀的詩作和散文，最有名的是他那探討墨西哥民族信仰和神話的散文集《孤寂的迷宮》(The Labyrinth of Solitude)。這部書由於暴露了墨西哥民族性格上的弱點，曾惹起極大的爭議。

帕斯早年的作品都是充滿夢幻與柔情的抒情詩，西班牙內戰可說是促使他趨向成熟的動力，他目睹馬德里戰火餘生的慘狀而內心大受衝擊，開始對現實抱持懷疑的態度，他的詩作也逐漸轉變以繁複的意象來呈現殘破的現實。

在墨西哥，儘管帕斯經常是以政論家的形象在媒體上出現，但他自認為主要是一位詩人。有一次他對一位訪問者說：「我只希望我有幾首詩能為後世讀者所熟記，就像我熟記前輩們的詩作一樣。」不錯，只有詩才能確定一位詩人永恆的地位，其他都不重要。

漫談宗教

三五朋友聚晤，或煮酒話舊，或烹茶聊天，興致高昂時，上窮碧落下黃泉，話題無所不包，嚴肅的、輕鬆的，有的義正辭嚴、有的言不及義，但有一個話題絕少觸及，那就是宗教。與初識外國友人寒暄，最忌諱的話題也是宗教。似乎宗教只是一件高邈而神秘的東西。

但對某些人而言，宗教又幾乎成了他們生活的全部，迷於宗教到了如痴如狂的地步，可是他們從不談論他們的信仰與行為，宗教對於他們好像是一塊很脆很薄的玻璃，只要一伸出懷疑的手，便會把它擊碎。

為什麼會發生這種情形呢？我百思不解，當我讀到叔本華之後，才知道宗教這種東西在本質上是絕不容許懷疑的。它不需要認知，也不需要理性作基礎，信則有，不信則無，懷疑從前門進，宗教便從後門出，故牧師神父只要你去信、去愛、去望，但不要你去想。

信仰本身是一種美麗的寓言形式，具有不可救藥的樂觀傾向，而此一形式多多少少是荒誕不經的。換言之，是非科學的。它雖經不起追根究柢的知性考驗，卻因為與生命的意義與目的息息相關，乃產生了一種不可抗拒的力量。信仰的力量往往在兒童時期，或無知的村夫愚婦心裡最強，信徒中也以這類人最為虔誠。難怪叔本華要說：「如果一個人還認為那些超人類的存在者，曾替人類帶來信息，並告訴我們有關自己或這個世界存在的目的，那麼這個人便仍停留在童稚時期。人類有一大缺點，那就是總喜歡相信那些自稱他的知識是來自超強自然力量的人，而不願相信那些頭腦中有思想的人。」

法國思想家蒙田有句話對我有很大的啟示，他說：「救贖之道，不在信仰，而在懷疑。」禪宗也有一句類似的話：「大疑大悟，小疑小悟，不疑不悟。」可知懷疑比痴迷的信仰更有力量。「子不語怪力亂神」，我不知孔子是否是一位無神論者，但他絕對是一個懷疑論者。

我認為，人與禽獸之不同，除了人類有思想之外，人類還有懷疑的能力。同時人類也是一種具有形而上思維的動物；人對形而上的需要，比任何其他的需要都來得逼切，因為人人無不想求得對生命的解釋，再從這一解釋中去尋求解脫之道，於是宗教應運而生，所以有人把宗教稱之為「大眾形上學」。

談到宗教產生的根本原因，我們或許可用「人生苦短」這句成語來解釋。這個「苦」字，我不認為只是一個用來形容「短」字的副詞，而願把它當作同位形容詞來體會，換句話說，人生是既「苦」且「短」。其實人生雖苦，但人畢竟只是茫茫宇宙、浩浩歷史長河中的一顆泡沫，一閃而逝，眨眼間就過去了，本來是可以忍受，泰然處之的，故慷慨之士，每逢困阨橫逆，便會無可奈何地發出一聲

「生而何歡，死而何懼」的浩歎。然而，如要求芸芸眾生也都具有這種胸懷，豈不太苛！因此，人類一群群一代代地來到這個世界，又相繼地離開這個世界，每人都懷著煩惱與恐懼，投入死亡的幽谷。生之煩惱與恐懼不正是宗教興起的原因？

嚴格說來，中國是一個沒有宗教傳統的民族，中國人心目中的神就是「天」，「天」就是自然宇宙中的一個秩序，本來是按常規而循環，但偶爾又會碰到無常。這種秩序是不容破壞的，否則就是逆天而行，就要受到嚴厲的懲罰。數千年來，中國人的命運一直就受到這種「決定論」的控制，所謂「天理、國法、人情」，天理成了中國人判斷是非的最高準則。這跟古代希臘羅馬的汎神論相近，這種汎神論也就是一種「大眾形上學」，沒有任何儀式、教義和經典，人們敬畏的神實際上就是自然勢力的人格化。

我相信宗教本身是善的，是使這個世界更趨美好的一種推動力量。有人說，宗教好比螢火蟲，只有在黑夜中才能顯出它的光亮，某種程度的無知和苦難，是一切宗教存在的條件。

時間的聯想

近日在一篇文章中讀到一段有關時間的話，相當精闢：「時間是最好的證人。它有時像濾網般的做著淘汰，有時則如天平一樣的讓人在未來得到公平。時間會慷慨地給人機會，但當它的慷慨得不到預期的回報，它就會收回這些慷慨。時間最痛恨的，乃是它的善心在背叛裡被辜負。」其實，這與其說作者在談時間，不如說他在談人，談人的機遇和自身修為，談因果報應。

時間是什麼？時間就是生存，就是從生到死的一段距離，複雜一點來說，時間是從生到死這其間所存在的神秘、詭譎、驚險、無奈，短暫的歡樂、長期的悲苦、永遠的追求。正因為如此，某些達人便以一種保留態度處世，凡事退一步想，主張所謂「半」的人生哲學，為人處世，千萬不可求全求滿。據說日本書道有一派以禪為宗旨，書法的特色是一篇字總留有幾處敗筆，如刻意的脹墨與枯筆，其禪機也許就在暗示：人生沒有百分百的圓滿。

李密菴寫有一篇〈半半歌〉：「看破浮生過半，半之受用無邊，半生歲月儘悠閒，半裡乾坤開展。」又說什麼：「衣裳半素半輕鮮，餚饌半豐半儉，童僕半能半拙，妻兒半樸半賢，心情半佛半神仙，姓氏半藏半顯。」要做到這個「半」的標準，也非人人可達，至少是中產階級以上的人才有資格把人生的享受減半。飲酒固然半酣正好，吃飯可不能半飽半饑，姓氏或可半藏半顯，做人卻不能半真半假。有一事物尤其不能以二分法來處理，那就是時間絕不能半流半駐。

人生最無可奈何之事，就是無法像水壩管制水量一樣地管制時間。許多帝王追求生命的永恆而不可得，殊不知永恆一直在我們的掌心溜來溜去，當我們剛一悟到它的存在時，它已從我們的指縫間溜走了。

你還需要解釋什麼是永恆嗎？只要你在午夜聽到水龍頭漏水的聲音便可獲得解答：滴嗒之間，便是永恆。

唐人小說藝術

近讀唐人筆記體小說，饒有奇趣。這種小說主要在搜奇誌異，而其內容大多超出經驗之外，而又在情理之中，故特別吸引人。有的言簡意深，富於思考性，有的意境恍惚朦朧，含有詩意，有的三言兩語便勾勒出一篇精采的故事，其結構之嚴謹、手法之簡約，現代人寫的極短篇恐亦難望其項背。試看這篇〈噴嚏震虎〉：

傳黃中為越州諸暨縣令，有部人飲大醉，夜中山行，臨崖而睡。忽有虎臨其上而嗅之，虎鬚入醉人鼻中，遂噴嚏，聲震虎，遂驚躍，便即落崖，腰胯不遂，為人所得。

小說的時間在深夜，地點在山中的懸崖邊。一個醉漢臨崖而睡，來了隻老虎，突然聽到一聲大噴嚏，把牠嚇得驚跳起來，掉到懸崖下去了，摔傷了腰腿，終於被人所擒。小說中有兩個角色，一是縣衙的差人，一是老虎，而真正的主角應是那隻笨得可愛的老虎，牠攀上了懸崖，也許為那差人滿嘴的酒味所誘，竟靠近去嗅他，因而那長且硬的虎鬚觸得差人的鼻子癢癢的，打了一個噴嚏。深夜山中萬籟俱寂，一個突如其來的噴嚏，宛如晴天霹靂，對這隻毫無戒備的老虎來說，一定是驚天動地。作者處理情節的手法十分高明，故事很簡單，但戲劇張力強。由於故事發生在深夜的懸崖邊，一開始讀者即預期著不平凡的事件將到來。人與虎居然會在這意想不到的場合相遇。現實中順理成章的發展應是醉漢被虎嚇得跳起來，而小說的情節是如此的反邏輯，被嚇得墜入山崖的竟是威猛的老虎。「忽有虎臨其上而嗅之，虎鬚入醉人鼻中」是高潮，「便即落崖……為人所得」是反高潮，情節簡單，卻劇力萬鈞。

作者張鷟，唐代文人，歷經高宗，玄宗諸朝，著有《龍筋鳳髓判》、《遊仙窟》等傳奇小說。《朝野僉載》是他著名的筆記小說。主要寫的是武則天時期的朝野見聞。這短篇即出自本書。其實他另外許多短篇並無離奇的情節，淡淡著墨，卻趣味雋永，寓意深遠。

我讀到的第一首新詩

有一次，中華電視台訪問我，談到早年與詩結緣的經過，說來已是五十多年前的往事了，揭開回憶，恍若隔世。

當時我約十五歲，念初二，正是「白馬」般的年齡，熱情，情感有些捉摸不透的詭異；想愛，卻不懂什麼叫愛情。功課成績不很好，卻喜讀課外書籍，讀《紅樓夢》、《水滸傳》時還有許多字不認識；讀新文學則是從冰心的《寄小讀者》開始的。生平讀到的第一首詩也是冰心的〈相思〉。這首詩寫於一九二五年，比我的年紀還大，全詩僅七行：

躲開相思
披上裘兒
走出燈明人靜的屋子
小徑裡明月相窺

枯枝——
在雪地上
又縱橫地寫滿了相思

我的情感生活發展較晚，當時還沒有戀愛經驗，體味不出詩中的相思情意，但彷彿覺得作者在說一個故事，表達情節的手法簡潔而生動。胡適乃白話詩之祖，但他的新詩並不出色，理論如「寫詩要須如作文」之類的話也不見得高明，不過他說「好詩中都有一些情節」，倒是有理。這首小詩的某些技巧，對我日後的創作頗有啟發。例如月光下的枯枝映在雪地上，竟變成了亂七八糟的相思，這種「變」就是詩中「虛實相生」的技巧，也是一種轉化，把現實提升為超現實之美。五十多年後，我以一個思想成熟，具有豐富創作經驗的詩人身分再來讀這首小詩，雖感到詩的內容（相思之情）泛泛，但表達相思的手法仍然覺得很高明。除了鮮活的意象之外，這首詩另一項成功之處，乃在經營了一種弔詭的，富於戲劇張力的結構。

談談隱地

許多人都知道，台灣出版界有以出版文學書籍為主的四小龍：九歌、爾雅、大地、洪範，其中老闆有三位為知名作家，九歌的蔡文甫寫小說，大地的姚宜英寫散文，爾雅的隱地則是小說、散文、詩三管齊下，成就非凡。

詩是感性的、夢幻的、抒情的，因而有所謂「少年情懷總是詩」，詩與青春、愛情幾乎是同義語。但英國詩人艾略特強調，三十歲以後還繼續寫詩，才算真正的詩人，而身為一位成功的出版家的隱地，竟然在處理筆下的情感時返老還童，五十六歲後像一陣突來的龍捲風似的捲進詩壇，其創作力之旺盛絕不輸於年輕詩人。在最近兩三年內，他的詩作遍及台北各報及各種詩刊，發表率之高，少人能及。

詩人瘂弦曾戲稱仍在創作的五六十歲詩人為「高齡產婦」，而調侃停筆已久的自己為「結紮多年」。隱地也屬危險性較高的高齡產婦，風險之一是：他可能仍將循著現代詩人因重視「自我實踐」的固執理念，心中只有繆斯而無讀者的心態寫詩，以致作品只適於在強調實驗性的同仁詩刊上發表，衝不出自我封閉的囚牢。

但出乎意外的，隱地的情況完全與這一推論相反，他自創的風格雖非獨一無二，卻迥異於以現代詩為主流的當代台灣詩壇。隱地之所以視為詩壇異數，倒不在於他是一位高齡的「年輕詩人」，而在於他那很能表達目前台灣生活節奏和文化內涵的詩。他的詩有當代性，卻無現代詩的艱澀難懂，有後現代詩的那麼一點嬉皮笑臉的顛覆性，卻又通情達理，毫不作怪，有都市詩的那些無聊題材和無奈心境，卻無一般都市詩的浮誇和陳腔爛調。他確是一位從平庸的生活提煉純淨詩情的詩人。「有時候／一天豐富多彩如一生／有時候／一生貧瘠單薄如一天」，這是他〈一天裡的戲碼〉一詩中的摘句，看來語不驚人，卻有著直探生命底蘊的哲理。

隱地自五十六歲出道詩界以來，好評如潮，許多詩人累積三四十年的掌聲恐怕還不及他兩三年內得到的多，而且大多來自詩壇以外的文化圈子。這是一個很有趣的、頗富啟發性的現象，有兩點或可作為解釋這個現象的切口：

其一，正如詩人向明所說：「隱地的詩受人喜愛，主要是他於眾多已經出現的詩中提供了一種嶄新的選擇，更是詩在普遍認為難懂的譴責聲中，他是唯一能讓人輕易享受到詩樂趣的詩人。他能於尋常事物中，道出一般人習而不察的真理。天真和出人意表的趣味是他詩的最大特色。」我認為他的這種趣味，一則來自對外在影響的突破，一則來自對內在真性情的釋放。他一開始即扔掉了三個包袱：一是傳統舊詩的懷古之幽情和陳舊的意象，二是當前某些現代詩那種無理卻不妙的怪誕，三是無限制地追求意象的原創性和語言的特技。當然，我無意反對詩人探測潛意識的礦區，開闢語言的能源，但我不願見到我們詩人任性而為，製造一些既不可感也不可解，連自己也不知所云的意象。隱地不寫這種詩，他是一位十分自覺自律的詩人。

其二，隱地在掌控語言和表達技巧方面已相當成熟，他似乎並未經歷一個初期的習作階段，一出手便直達某種高度。天賦（才情與氣質）固然有關，但他的準備工夫比許多詩人都來得紮實而充分。他早就是橫跨小說、散文、雜文、評論各種文類的資深作家，已有書籍三十餘部問世，此外由他編輯、以「爾雅」名義出版的個體詩集有二十四部，詩選十八部，以及年度詩選（一九八二至一九九一）十部，這都需要大量的時間來校讀。據我所知，在他未投入詩創作之前，就經常大量購買詩集閱讀，這種情形在小說家、評論家和出版家中可說絕無僅有。

隱地不到三年便寫了一百多首詩，出版了《法式裸睡》和《一天裡的戲碼》兩部詩集。詩是一些人活下去的理由，也是隱地活得更加輕鬆、真實、理直氣壯的理由。

談葉燮的詩學

在藝術創作的過程中，常有「江郎才盡」的痛苦現象。我認為此病並非不可醫，但必須做到脫胎換骨，也就是說，一位藝術家或詩人到了某個創作的瓶頸，他必須在語言上、取材上，和表達技巧上求新求變。「變」，實為天才的另一名詞。在此，我願推介一位清代詩人葉燮的論證來支持我這一觀點。

葉燮為清康熙年間詩人，他所著的《原詩》頗多突破性的觀點，時至今日，他的某些看法仍符合現代詩的美學規範，尤其他對復古的教條主義所加諸的批判，在中國詩學史上佔有相當重要的地位。《原詩》分內外篇，〈內篇〉標舉詩的宗旨，〈外篇〉則重視博辨，內外構成一個統一的整體。它的理論性與系統性都很強，較之歷代詩話那種點到為止的表述方式，它卻能把美學的本質問題提升到哲學的高度來探討。中國傳統詩學都只著重於尋章摘句，談一些枝枝葉葉的邊緣問題，很少像《原詩》一樣提出形而上的美學理論，和對前人與當代陳腐庸俗觀念的強烈批判。在當時，對抗頑強迂腐的傳統勢力是需要極大的勇氣，「高論何妨天地寬，困評寧怕蛟龍怒」，由他這兩句詩當可想像當時他所受壓力之大。

《原詩》的重要理論之一，是藝術發展中「正、變、盛衰」的演變邏輯與過程。葉燮以這一論證有力地指出了藝術發展和創新的合理性與絕對性。他說：「大凡物之踵事增華，以漸而進，以至於極，故人之智慧心思，在古人始用之，又漸出之，而未窮未盡者，得後人精求之，而益用之出之，乾坤一日不息，則人之智慧心思，必無窮盡也。」換句話說，世事的發展是永無止境的，所以人賴以創造的智慧心思也是永無限制的。藝術的發展有盛有衰，而藝術的形式有正有變，在正常的藝術規律中求變化，求突破，以今日的我否定昨日的我，不斷地退卻，又不斷地佔領，這才是起死回生，由衰復盛的不二法門。

主張藝術的創新正是葉燮美學理論的核心。朱自清曾指出：「歷來倡復古的都有現代的根據，主張求新的卻默而不言，或言而不備。葉氏論詩體正變，第一次給『新變』以系統的理論基礎，值得大書特書。」這裡所謂的「系統的理論基礎」，乃指葉氏的美學本源論和發展觀念，他認為現實中的美變化多端，因此視為現實美的一種投射，藝術意象和藝術風格也應是多樣化的。以詩來說，詩的意象並不一定是現實的直接反映，由於詩人先天的性情和後天的知識都不相同，所以詩裡面的現實是經由個別詩人解釋過的、調整過的現實，這種現實實際上，已是一種面貌多樣的審美意象。不論從藝術創新，或藝術發展的角度來看，追求藝術意境、形象，或風格的多種多樣，不僅是合理的，且是必要的。

葉燮說：「學詩不可忽略古人，亦不可附會古人。」可知他是主張一方面不割棄傳統，另一方面又大力鼓吹詩人要突破傳統詩學陳腐的教條框框，以「變」與「創」來建立新的傳統。因此他反對藝術的單一化、標準化、模式化，反對詩中的「熟調膚辭，陳陳相因」，怕使「天下人之心思智慧，日趨腐爛埋沒於陳言中」。這些觀念西方美學家只用一個字來表達：defamiliarization，有人譯為拗口的「去熟悉」，其實就是反陳腔濫調之意。

「陳腔濫調」實為詩之大患，這不僅指詩的語言，也是指詩的風格。古代詩學家為了維護「溫柔敦厚」的詩教，通常都以「雅」這一概念來排斥詩歌的多樣風格。葉燮說：「平、奇、淡、濃、巧、拙、清、濁無不可為詩，且無不可為雅。詩無一格，而雅亦無一格。」傳統詩學一向用這個「雅」字來規範、來限制藝術的風格，而葉燮則主張把這個尺度大大放寬。不論「詩無一格」或「雅無一格」，他認為藝術的發展絕不應停滯在一種規律，一種形式，一種風格上。不變就會僵化，創新才能永保藝術生命力的昂揚。

「妙悟」詩觀在現代的迴響

宋代詩人嚴羽的《滄浪詩話》對中國純粹詩歌美學的建立，影響甚大。嚴羽對整個宋代的詩風作了徹底的批判，尤其是對江西派和四靈江湖派。他主張：「詩有別材，非關書也；詩有別趣，非關理也。」換言之，詩乃從生活中提煉而來，與知識和學力無關，詩人必須掌握一種特殊的審美能力，那就是妙悟，一種直覺的心靈感應，唯有憑持這種審美能力，詩人才能從萬事萬物中體認到它的美感素質，而後把它呈現出來。

中國古典詩的高峰是在盛唐，據嚴羽指出，唐詩最講究的即是妙悟，一種語言以外的妙趣，它的好處乃在為讀者提供一個無限大的想像空間，而達到所謂「言有盡而意無窮」的效果。我們讀一首好詩時，當會發現在語言的盡頭是深深的沉默，是一大片可供想像奔馳的草原，使詩意作無限的延伸擴展。詩人以一種「不涉理路，不落言詮」的方式表達，因此讀者才得以進入一個開放性的，情景交融的意象世界，自由自在地去體悟其中所含的真情與真理，之所以如此，就是因為在語言沉默的背後有一些極其豐富而耐人尋味的東西。

這種傳統的詩歌美學觀念，其實在現代詩學中也有著相應的迴響。現代詩既重視知性，同時也講究對世界作一種直覺式和感悟式的觀照，反對語言過度的雕鑿，情感的氾濫。台灣詩人簡政珍教授的語言觀即是相當暗合中國古典詩學的。他在〈沉默和語言〉一文中，對詩的語言陳述了一些重要的觀念。他認為：「詩著重的是沉默的語言，它留下適度的空間不必言明，雖然無聲，但仍有豐富的迴響……。沉默並不是啞巴的無言，而是語言處於一種飽滿的狀態。」

這種有著豐富涵意的沉默，不正是嚴羽所強調的「言外之意」，以及唐代詩人講究的「味外之旨」，「弦外之音」嗎？

無理而妙的詩

詩的妙處乃在「無理」，唐詩於千載之後仍為現代的讀者所傳誦，即由於那「無理而妙」的意象所產生的效果。所謂「理」，就是維繫事物之間關係的一種知性邏輯，人的思維世界就全靠這種東西支撐。然而，談到詩，它通常要突破這種關係，超越知性邏輯的。「風定花猶落，鳥鳴山更幽」，表面看來這兩句詩是不合常理的，它扭曲了事物之間的正常關係，以散文的眼光來看當然不通，然而這是一種詩的美感經驗，一種在某一特定時空下的心境。

這種無理而妙的詩句，在我國古詩中並不罕見，譬如柳宗元的〈江雪〉：「千山鳥飛絕，萬徑人蹤滅。孤舟簑笠翁，獨釣寒江雪。」在大雪紛飛，鳥絕跡，人無蹤的寒江上，居然有一老者獨自來此釣雪，此情此景，顯然違情奪理，但如把最後一句改為「獨釣寒江魚」，合理是合理了，而讀來卻不像詩了。其實柳宗元要表現的只是詩人面對大自然的景色所反射出的一種心態，也是詩人所創造的一種「靜之極致」的境界。所以蘇東坡認為詩的趣味在「反常合道」，反常者，是表面對現實的扭曲，卻能形成詩中的奇趣，但反常還須合道，即符合我們的內在感應，也就是說，雖出意料之外，卻在情理之中。

《紅樓夢》是一部小說，也是一部曠古未有的抒情史詩。曹雪芹實際上是一個詩人。他在《紅樓夢》四十八回中借香菱之口說：「據我看來，詩的好處，有口裡說不出的意思，想去卻是逼真的，有似乎無理的，想去卻是有理有情的。『大漠孤煙直，長河落日圓』，煙如何是直的？日自然是圓的。『直』字似無理，『圓』字似太俗，合上書一想，倒像是見了這景兒的。」這兩句詩是王維〈使至塞上〉的一聯，如透過推理，好像不合情理，但以直覺來觀照萬物，又感到這個「直」字之妙，「圓」字也用得很自然。司空圖在《廿四詩品・雄渾》篇中有謂：「超以象外，得其環中。」說的也正是這個意思。

詩是情感的等式

美國詩人龐德說：「詩是一種飛揚的數學，它給予我們的不是圓形，三角形，或其他抽象的形式，而是人類情感的等式。」

龐氏此言，使我想起詩的格律問題。中國舊詩五七言絕句律詩，行之千餘年的格律於五四時期被胡適革了命，以自由體的新詩取代之。以往學者認為新詩的革命只是語言的革命，其實不然，更重要的是詩內在的大變化。詩的情感在心中只是一份情趣，一點靈氣，悠悠忽忽，盪盪漾漾，若行雲流水，既非方形，也不是圓形，為何在表現時我們一定要把它切成方的，裁成圓的呢？抒情之作，宜乎行其不得不行，止乎其不得不止。蘇東坡所謂：「隨物賦形，盡水之變。」當是一種最高的藝術結構論；只要你心中有詩，便筆下有詩，表現上順乎自然，作品自成丘壑。

古人論詩，很講究鍊字琢句，現在大學教詩的也很重視修辭，卻很少人指點學生如何經營意象，殊不知修辭只是把話說得漂亮，而漂亮的詞藻並不就是詩，修辭與意象二者不能混為一談，意象是血肉構成的軀體，而詞藻只是皮毛而已。

三十年代的詩人廢名說得好：「新詩是以散文的文字來寫詩的內容，而大部分的舊詩則以詩的文字來寫散文的內容。」然而，我們也經常讀到這樣的東西：即以舊詩的文字來寫新詩，以非詩的（僵化的格律）文字來寫舊詩。當年吳佩孚曾寫過「坐罷火車又火船」這樣句子，後來出文集時，因為這類詩不合舊詩的格律而被刪除。五四以後，吳遵憲、吳芳吉等人也曾試寫過一些文言新體詩，不倫不類，結果人去詩亡，對後世毫無影響。

毛澤東認為：「新詩應以傳統的舊詩和民歌為基礎。」此言很不合時宜，這是一種出於封閉心態，未能見及今天開放的現代化中國詩的一隅之見。

我的一首打油詩

我喜歡舊詩，卻不會做，也從未嘗試過。多年前應邀訪問大陸，曾為一湘西酒廠題了一首詩，應酬之作，算是一首打油詩吧！這首詩後來被當作廣告使用，據說為該酒廠帶來極大的經濟效益，這倒是我始料未及。

所謂打油詩，就是一種不講究格律，不避俚俗，內容寫實而詼諧的詩。據宋錢易《南部新書》所載：「有胡打餃，張打油者，二人皆能為詩。」張打油為唐朝人，他最有名的一首打油詩為〈吟雪〉：「江山一籠統，井上黑窟窿，黃狗身上白，白狗身上腫。」現今讀來，頗有一些後現代主義「諧擬」的味道，甚且在意象的表達上，比後現代詩要準確多了。

一九八八年九月初，我首次回湖南故鄉探親，承湖南吉首市酒廠相邀，並派車來長沙接我赴湘西名勝張家界一遊，同行者有小說家孫健忠、評論家李元洛、香港詩人犁青，和湖南電視台三位記者。沿途秋雨不歇，泥濘難行，車行三天後始抵湘西土家族苗族自治州的首府吉首市。

次日上午參觀酒廠，經匯報介紹該廠的生產與營業狀況之後，王廠長即捧出他的名酒「湘泉」

與「酒鬼」，讓我們品嘗。當時「酒鬼」尚未上市，廠方當作秘密武器，其酒味香醇尤勝茅台，酒瓶為一麻袋形，樸拙有趣，為湖南名畫家黃永玉所設計。

品酒之餘，王廠長取出筆墨宣紙，囑我題字。我捲袖提筆，順手寫了這麼一首打油詩：「酒鬼飲湘泉，一醉三千年，醒後再舉杯，酒鬼變酒仙。」這首詩因含有該廠的兩種酒名，又易朗朗上口，且多次在湖南電視台播出，故廣為飲者傳誦。據說次年在北京的一次全國名酒競賽中，「酒鬼」名列前茅。當時該廠不僅將印有這首詩與我的簽名照片在會場上大量分發，且把這首詩印在裝酒瓶的紙盒上大作廣告，有人建議我委託律師向該廠索取廣告費，無奈窮書生只會寫詩，不懂得要錢。

小詩之辨

中國古典詩從《詩經》發展到近體詩的五七言絕律，都是小詩的格局，雖然這種小詩也能寫出「功蓋三分國，名成八陣圖，江流石不轉，遺恨失吞吳」如此超越時空的大題材，但大多小詩都是出於純粹的心靈感應，既可表現大自然和人性的融會與交輝，也可拉近鏡頭，攝取友朋之間的交往和生活中的小趣味。這類抒情小品在古典詩中為數甚多，因此，如說中國詩的傳統乃是小詩傳統，也未嘗不可。

小詩的特徵除了用字精簡之外，其表現手法更側重比興，其中暗喻起了主要作用，象徵的意義大於文字表面的意義，因而能留給讀者極大的想像空間。古典詩就像海綿似的具有很大的含納量，即使是一首只有二十個字的五言絕句，依然可形成一個完整而豐富的世界。相形之下，語體詩的結構在本質上就鬆散多了，如要經營一首好詩，就勢必要在語言張力和象徵手法上多下功夫。

有些詩評家曾謬讚我的長詩以氣勢勝，且在內容上能貫通歷史與現實，但一般讀者卻寧願喜歡我的小詩，說我某些十來行的小品剔透玲瓏，頗有唐人絕句的味道，有些還略帶禪趣。我想，前者可能是指我詩中的意象，後者乃指那些任意揮灑，不落言詮的妙悟。其實我的小詩既不像唐詩那樣「羚羊掛角，無跡可求」，使人覺得詩人好像都是不食人間煙火的族群；也與禪師所寫悟道的詩迴然不同，試以這首〈華西街某巷〉為例：

一位剛化過妝的女子站在門口
維持一種笑
有著新刷油漆的氣味
另一位蹲在小攤旁
一面呼嚕呼嚕喝著蚵仔湯
一面伸手褲襠內
抓癢

這首小詩的意象有兩個特點：一是簡明，一是鮮活，這也是絕句的特徵，但這首寫台灣早年倚門賣笑的娼妓的詩，卻有著古典詩所缺乏的那種辛辣的反諷的現代感。

不論就內容或結構而言，我的小詩顯然並不是唐詩的複製品，但不容諱言，我確曾從唐詩那裡攝取過營養，至今我仍喜愛「山路原無雨，空翠濕人衣」的空靈境界。這種訴諸直覺，透過心靈感應所產生的詩，並非搜盡枯腸，尋覓而得，而是「妙手偶得之」，一首好的小詩通常都是在靈光一閃之間迅速完成的，所謂「神來之筆」是也。根據我個人的經驗，這種小詩的創造過程由於未經深思熟慮，大多是突然的爆發，故詩句不易牢記，過些日子再從抽屜中拿出來看時，竟感面目陌生，自己會驚喜得叫起來：「這是誰的詩？」

中國古典詩通常有用典設譬的障礙，如缺乏深厚的文化涵養，讀來倍感吃力，所以新詩人力倡明朗化。有個時期某類詩人傾向普羅，走白話詩的老路子，他們分不清詩的明朗和散文的明朗二者的區別，結果寫出來的詩多為分行的散行，詩質淡薄，如摻了水的酒。小詩為靈氣所鍾，正如嚴羽在《滄浪詩話》中所說：「意貴透徹，不可隔靴搔癢，語貴灑脫，不可拖泥帶水。」我認為小詩才是第一義的詩，有它本質上的透明度，但又絕非日常說話那麼粗俗的明朗。散文有時囉囉嗦嗦一大篇，猶不能把事理說得透徹，倒不如把它交給詩，哪怕只有三五行，便可構成一個晶瑩純淨，有著無限想像空間的小宇宙。

小詩的規格如何？多少行以內方可稱之為小詩？這個問題不僅至今尚無定論，以往也找不出權威性的解說。我主張十二行，這純粹是個人的權宜之想，沒有任何客觀的詩學準則。我這樣設限主要是為了最近編一部小詩選的方便，如只選十行以內的詩，則不少超過一兩行的好詩就會被摒棄於詩選之外，如行數不限，則又漫無標準。當然，這些實際上只是小詩的枝葉問題。

一首禪詩

一九九四年秋，我應邀參加了在雲南昆明舉行的「第七屆世界華文文學國際研討會」，會上我提出一篇〈超現實主義的詩與禪〉的論文，這篇文章主要在討論西方超現實主義的詩與代表東方智慧的禪，二者在本質上的關連性，以及相互印證融會的可能。文後舉了我的一首小詩作為例證，這就是〈金龍禪寺〉：

晚鐘
是遊客下山的小路
羊齒植物
沿著白色的石階
一路嚼了下去

如果此處降雪
而只見
一隻驚起的灰蟬
把山中的燈火
一盞盞地
點燃

這首詩的確是我以超現實手法表現禪悟和禪趣的代表作。這種超越理性，甚至違反一般文法的手法，對於一般讀者是十分陌生的，因而經常引發許多爭議。一九八五年四川詩人流沙河在一篇〈隔海讀詩〉的文章中，因讀不懂這首詩而橫加曲解。當時兩岸關係尚未解凍，不能直接寄稿給大陸刊物發表，我乃以和大陸兄弟通信的方式對流沙河的文章加以辯解，後來這封長信經由老作家蕭乾先生的推薦，在北京的《現代人》雜誌上發表。由於這是兩岸文壇首次的筆墨官司，故轟動一時，曾接到彼岸不少讀者的來信。

〈金龍禪寺〉這首小詩寫於一九七〇年，那時我卜居台北市近郊內湖區的山麓，山不很高，尚稱幽靜，假日遊客絡繹不絕，平日則空山寂寂，適於思考，更是培養寫作靈感的好地方。夏秋之際，我經常獨自登山，金龍禪寺即我必到之處，有時在寺旁一塊巨岩上看書聽蟬，許多小詩都是在這裡完成腹稿的，其中頗為讀者欣賞的便是這首〈金龍禪寺〉。這首詩究竟說了些什麼？其真正旨趣何在？詩的創作是極為主觀的，要求作者加以解釋是不必要的，因為作品本身就是最好的解釋，但為了幫助讀者解惑，我仍願意借用兩篇討論這首詩的文章的片段，雖然這些評析並不一定完全符合我的原意，但仍有參考價值。

第一段是摘自《中國新詩賞析》一書，由台灣輔仁大學林明德教授所寫，他認為：〈金龍禪寺〉是一首富有禪意的風景詩，其中鮮活的意象，自然的節奏，以及現象界的關係換位，造成令人驚喜的風景。其中關係的換位，可能受到杜甫「香稻啄餘鸚鵡粒，碧梧棲老鳳凰枝」倒裝句法的影響，但作者似乎企圖從更多的自覺中發現「純粹的存在」，他認為「永遠地更深入比邏輯世界、客觀世界更為真實的境界中去」，才能找到豐美而真正的自然本貌。現實的情況是，金龍禪寺的晚鐘響起，是遊客下山的時刻了，他們沿著羊齒植物蔓生的小路，拾白階而下。這本是一幅遊山者的圖象，但詩人別出心裁地說：「晚鐘/是遊客下山的小路」，把「晚鐘」（抽象的聽覺意象）與「小路」（具象的視覺意象）認同，除了說明遊客下山的時間外，更有警悟之鐘的含意，這與唐朝詩人常建的「萬籟此俱寂，惟聞鐘磬聲」的言外之意相同。

「羊齒植物/沿著白色的石階/一路嚼了下去」，由於「羊齒植物」被擬人化了，賦予了生命，加上「羊齒」的暗示，有著「一路嚼下去」的感覺，這正是超現實主義「化無情世界為有情世界」

的手法，因而頓然感到洋溢著自然的生機。第三節：「而只見／一隻驚起的灰蟬／把山中的燈火／一盞盞地／點燃」，是承接第一節而來，由「晚鐘」而「燈火」，不僅是寫時間的流轉，同時也是寫詩人的心路歷程。這最後一節是無意的，一種自然悟道的境界。「一隻驚起的灰蟬」之句，猶如棒喝，具有截斷上面那句「如果此處降雪」的幻境的作用，使詩由幻境轉入實境。

「蟬」為「禪」的諧音，蟬聲能把山中的燈火點燃，這是詩人「當下即得」的感悟，就視覺而言，這是現象界的觀照，就心靈感應而言，它是「驀然回首，那人卻在燈火闌珊處」的智慧發現，由「晚鐘」的警悟到「燈火」的靈明，具體而微地道出了詩人禪悟的心路歷程，與智慧的喜悅。

討論〈金龍禪寺〉另一篇文章的片段，是摘自《當代哲學的一個可能方向》，由林主人博士所寫，為突出這篇論文的主旨，作者特將〈金龍禪寺〉這首詩刊於篇首。接著他說：篇首是首近乎禪的新詩，它象徵著東方思想的特質，也正與當代西方思想探索的方向有所契合。

從「晚鐘」到「如果此處降雪」，詩人似乎故意以文字遊戲造成客觀世界的混亂，以顯示人類理性或形式邏輯的不足。客觀世界本是我們以理性從現實人生抽象出來的認識，抽象則是一種採用分析法從對象中取同捨異的過程，而這種認識卻常被我們誤執以為真實，故真正的客觀唯有在一種互融的「純粹經驗」中才能達成。

〈金龍禪寺〉中的「晚鐘」與「小路」，在理性分析中是不可能等同的，但在實際生活中，它們卻可以是一項綜合模式而為我們所經驗。試問：有誰走到路上只意識到單純的「路」？我們意識到的遠比這「路」多得多，譬如有上山的路，回家的路，石子路，黃昏景色下的路。單純的「路」只是分析後的理性之物，而不是真實的路。「如果此處降雪」，這句詩涵有多重功能，在思路上截斷前述景象的聯想，在情緒上則產生一種近乎死亡的低沉，然而，這也是理性矛盾與衝突的最高峰，其張力已大到一觸即發的狀態。我想，詩人的靈感可能與「不是一番徹骨寒，那得梅花撲鼻香」的境界有關，若非凝聚到澄明的極致（由雪的冷和白色意象所象徵），鬱悶低沉的情緒就無從發為豁然的開悟。

在靜極忽然而動的瞬間，最易產生頓悟的契機。這首詩在「而只見／一隻驚起的灰蟬」句前的描述，是詩人靜態的心境，其間一個「嚼」字並未破壞它的本質。「寂寞古池塘，青蛙跳入水中央，潑剌一聲響」（日本俳句）和「夜半鐘聲到客船」等句，都有類似的動靜對比，詩和禪，往往可在由極動變為極靜的過程中獲得。

喫茶二三事

寒酸文人喫茶，有尚苦澀者，這倒頗能符合他們的心境。知堂老人周作人就曾在一首自壽的打油詩中寫過「請到寒齋吃苦茶」的句子。苦也是一種境界，卻不是一般人所樂於追求的；好茶通常具有先苦後甘的效果，如果一路苦澀到底，喫茶就不是一種享受，更談不上藝術了。

時至今日，一般老百姓的生活素質大為提高，在日常生活中，喫茶已成一種既講究而又普遍的藝術。三朋五友，酒足飯飽之餘，或在涼風習習的樹蔭下，或在冷氣森森的客廳中，煮水泡茶，大家圍坐喝一杯色香味俱佳的凍頂烏龍，或文山包種，已是司空見慣的事。

中國人喫茶，不說茶道，而稱之為茶藝，可見喫茶不僅本身是一種藝術，而且與各種藝事有關。近年來台北街頭巷尾，茶藝館林立，每家都佈置有名人字畫、古玩和精緻茶具，有的還兼營畫廊，成為鬧市中提供高層次精神享受的場所。不過，如說喫茶只是富商新貴、文人墨客的雅事，則又不然。日前應邀到梨山武陵農場一遊，下午漫步溪畔，看到四位老者在花園的綠蔭下飲茶聊天，那副旁若無人、悠然自得的神情，真令人生出塵之想。另外一次所見就大不相同；有天下午，我到附近菜市場去買水果，這時攤販都已打烊，早晨那種擁擠喧鬧、雞飛鴨跳的情景已不復見。清靜中，只見豬肉攤子旁有三位打著赤膊，一身橫肉的大漢，正圍著一把高級的宜興紫砂茶壺，掇著精緻的小杯，頻頻催飲。他們的談話雖粗魯不文，但那種談笑風生的樣子，與武陵農場那四位老人相較，境界或有不同，而怡然之情則一。由此可見，飲茶確已成為我國的一種大眾文化。

飲酒與喫茶，都是令人快意酣暢、樂以忘憂的事，且能激發情緒，使心智活動加速，因而往往成為文人創作的靈感泉源。我倒以為，酒和茶的最大好處乃在增加談興。一杯在手，飲者的談話通常會突破世俗的藩籬，天南地北，中外古今，無所不涉，而評騭世事，月旦人物，更成了話題的焦點。酒，愈喝愈醉，情緒激動起來，常有由爭吵而漫罵而相互扭打，以致使主客都感到非常尷尬的場面出現。茶則愈飲愈清醒，放言之下，縱然對人對事不免有所批評，但也語多節制。其實，一面喫茶，一面不傷筋骨地罵罵你所厭惡的人，或社會上不合理的事，未嘗不合衛生之道，因為暢談中可以把胸中的鬱積，在熱茶的氤氳中逐漸化去，而換來一片祥和清穆的心境。

故我認為，酒屬感性，茶則富於知性；酒是詩，茶則近乎哲學。我們可以從李白的詩中聞到酒香，引杯就脣之際，總不免會想起「古來聖賢皆寂寞，惟有飲者留其名」的自我調侃之句。但飲茶猶如讀《莊子》、讀尼采，讓人沉思，對生命有所感悟。如飲的是好茶，甚至可使你提升到《大觀茶論》中所謂的「致清達和」的境界。

說來好像頭頭是道，事實上我並不善於品茗，只能算是一個普通的喫茶者。小時候常隨大人坐茶館，主要在吃零食。吃完花生吃燒餅，有時也學學《二十年目睹之怪現狀》中那位旗人，把漏在桌縫裡的芝麻一掌拍出，然後用口水蘸著吃。至於碗中的茶，因為非常粗礪，通常備而不喝。家中待客的茶品質較好，但也無非清茶香片之類，用的都是玻璃杯或瓷杯。用拳頭那麼大的紫砂壺泡茶，然後分篩在幾個小杯中，飲者捉杯就口，小心翼翼地就像抹口紅一般。這種福建式的飲茶，我還是來台灣後才見到。第一次飲這種款式的茶，我差點連杯子都吞了下去。

過去我喫茶，完全採實用主義風格，能解渴就行，談不上講究，實際上也不懂得如何講究。有時晚上為了趕稿，泡一杯濃茶，只是為了提神熬夜。目前喝的茶，價錢雖然高一點，但仍以牛飲居多，每晚泡一大玻璃杯，咕嘟咕嘟一傾而下，這就是我不入流的茶道。但我的朋友中卻不少精於茶藝的，詩人季野就是其中之一。他家中有各式各樣的大小茶壺，據說有的價錢一隻高達數萬元。他也藏有各種茶葉，有的泡出來色澤金黃，有的香若芝蘭茉莉。有一次他出示一塊黑如焦灰，好像從垃圾堆中撿來的普洱茶，他說已有三十年以上的歷史了。每逢客至，他就像辦家家酒似的搬出一系列的茶具，和各味茶葉。接著忙於燒水、洗壺、溫杯，大把大把地將數千元一斤的烏龍茶往茶壺裡塞，然後沖水，繼而泌出第一道茶沫，最後才一一篩進小杯。客人舉杯時，他還在繼續忙著沖第二道，看著心中實有不忍，不過話說回來，也許這種忙碌正是他的最大樂趣。

季野之傾心茶藝，還不僅此。為了推廣茶事，最近他還結合幾位文友，斥資創辦了一份《茶與藝術》的雜誌，內容相當豐富，編印得也很漂亮，從中我學到不少有關飲茶的知識與趣聞。一般人可能不易讀到陸羽的《茶經》、宋徽宗的《大觀茶論》、黃儒的《品茶要錄》，但這些古籍中論茶的精要，都可從《茶與藝術》中讀到。我希望有一天，我飲茶的境界會藉助這本雜誌大為提升，而不再只是一個喫苦茶的人。

閒話酒茶

日前詩人瘂弦，小說家古華，閻莊伉儷來訪，在我的書房雪樓盤桓良久，瘂弦對我新近以行草寫的一幅唐詩集聯頗為欣賞。這是李商隱的兩句詩：「悠揚歸夢唯燈見，濩落生涯獨酒知。」詩是好詩，聯是絕聯，字卻有點飛揚跋扈，差強人意。這兩句詩感性很強，其情境泯滅了時空，千餘年後的今日仍能表達我們這一代海外遊子，暮年躑躅異國的落拓心境。

古人詩中酒味甚濃，較少茶香，也許因為酒可刺激詩人的靈感，茶性素淡，適於澹泊名利之人飲用，但事實又不然，像陶淵明這樣的田園詩人酒癮卻不小，茶字則很少在他詩中出現。明末小品文作家張潮最懂得生活藝術，著有《幽夢影》一書，記錄了一位舊時代知識分子的閒情逸趣，文筆雋永，其中曾多處談到飲酒，如「上月須酌豪友，端午須酌麗友，七夕須酌韻友，中秋須酌淡友，重九須酌逸友」，又如「有青山方有綠水，水唯借色於山，有美酒便有佳詩，詩亦乞靈於酒」，唯甚少提及茶字。

中國五四以後的新文學中，寫酒的詩文已不多見，倒是有不少名家談茶。胡適寫過一篇〈吃講茶〉的文章，徐志摩在北京有一次應某中學之邀演講，講題即是〈吃茶〉。當時嗜茶成癖，以喝茶著稱的要算知堂老人周作人了。他的書房稱之為「苦茶齋」，他在一篇題為〈吃茶〉的散文中說：「吃茶當於瓦屋紙窗之下，清泉綠茶，用素雅的陶瓷茶具，同二三人共飲，得半日之閒，可抵十年的塵夢。」其實這些講究只是周作人個人性之所好，時至今日，大都市中哪有「瓦屋紙窗」？而泡茶的水也都是燒開的自來水，何來清泉，在這篇文章中，只有「同二三人共飲」是可以放諸四海而皆準的。福建與台灣都時興喝老人茶，夏日午後，二三老友圍坐在大榕樹下共泡一壺釅釅的烏龍茶，在涼風習習中頻頻舉杯，俯仰自如，既可遠離老妻的囉嗦，也可罵罵政治人物，出口烏氣，誰說這不是浮生一樂？

讀閒書

平生最大的享受莫過於冬夜擁被讀閒書。

讀閒書的好處是不需博聞強記，也不必融會貫通，有點像林蔭道上散步，走到哪裡算哪裡，走累了可隨時在路旁坐下休息。讀閒書沒有考試的壓力，卻有選擇的自由，看得高興，可以一夜讀到天明，如嫌其無趣，可隨手一扔，倒頭便睡。

數十年來，我一直保持睡前躺在床上讀閒書的習慣，床上讀書為何宜於冬夜？因為這時門窗緊閉，與世隔絕，面對茫茫宇宙的只是一顆單純的心，一卷在手，既不為稻粱謀而讀，也不為塵世之浮名而讀，清清爽爽，了無掛礙，縱然室外風雨如晦，或大雪紛飛，仍能保持一份寧靜的心。

《北史・李謐傳》有云：「丈夫擁書萬卷，何假南面百城。」這是何等令人欽羨的氣派！但抬頭環顧四壁的書架，好像那些亙古以來前人智慧累積的文史哲各類正而八百的書籍，正要迎面壓將下來，彷彿隨時會為之窒息。因此晚上躺在床上讀的書最好是輕鬆有趣卻又非品流下等，或庸俗無聊的讀物。我的選擇通常是稗官野史、唐人筆記、名人傳記，其次是武俠偵探、政治搜秘、社會傳奇等。早年喜歡看武俠，中年尤愛歷史小說，金庸和高陽是我最喜歡的作家，每部我都看過兩三遍，之所以讀之不厭，主要因為我有一項特別功夫，那就是過目便忘，第二天甚至連書中主角的名字都記不起來。看時聚精會神，渾然忘我，看完後腦子裡空空蕩蕩，不留一招半式。這種功夫可使你把看過的小說隨時翻開來重讀，幾乎像是初次相遇一般。

自中國大陸開放以後，文革十年的各種史料與小說大量流到海外，我對這方面的讀物興趣特別濃厚。文革是中華民族空前絕後的大劫難，不僅文化深受創傷，人性也大為扭曲，故讀這類的書籍，其中的故事對於一個未曾身歷其境的人也許新奇有趣，但閱讀時的心情卻是極度沉重的，絕非讀一般閒書那麼輕鬆自在。

水墨微笑

有人新春開筆選好日子，我選心情。

初二久雨初晴，陽光透過天窗灑下一片金輝燦爛，滿室亮麗，牆上的字畫精神抖擻，彷彿一幅幅剛從睡夢中醒來。早餐後登樓寫字，先以古樸枯澀的筆法臨了一遍《石門頌》，繼而以行草寫了一幅辛棄疾的詞，就是最後一句「驀然回首，那人卻在燈火闌珊處」的那一闋。寫得相當順手，頗符合孫過庭《書譜》中所謂「神怡務閒」的內在心理因素。

晚間，精藝軒畫廊舉辦春節藝文活動，廣邀中外賓客，節目有中國音樂演奏、繪畫和書法當場揮毫，我應邀寫字。在畫廊主人示意之下，先寫一幅紅紙的應景春聯：「一門天賜平安福　四海人同富貴春」。為了稍減庸俗之氣，我採用一種開闊而質樸的《石門頌》筆法。隸書運筆較慢，積墨甚濃，在等它陰乾之際，我利用空檔講了十來分鐘有關中國書法藝術的特色，並用英語把春聯的內容大致翻譯了一下，竟然贏得一陣掌聲。接著我又以草書寫了一幅東坡的詞：「故國神遊，多情應笑我早生華髮，人生如夢，一樽還酹江月。」這幅字雖能表達我晚年的心境，但我較為滿意的還是那句自己的詩：「落葉習慣在火中沉思」，而「落葉」二字乃以淡墨處理，看來有些淡淡的淒涼。

放下筆，混雜的掌聲中，突聞有人鼓噪著：「請再寫一首現代詩！」這時，我頓感不快，一時竟搞不清自己在做什麼。其實我一向從事的都是孤獨事業，所有的掌聲事後都會變質為一種尷尬。我寫詩不是自我的獨語，就是與神的對話。寫書法也是如此，以水墨為語言，和一張白紙對話，內容可以是千年古人的大夢，也可以是我純情的揮灑，或黑白之間的空靈。喜歡的就擺在地板上自我欣賞，不喜歡的便棄之紙簍。次日，我把這些感受寫成一首小詩：

不經意地那麼輕輕一筆
水墨次第滲開
大好河山為之動容
為之顫慄，
為之暈眩……

所幸世上還留有一大片空白
所幸左下側還有一方小小的印章
面帶微笑

《石門頌》之美

著名書法家先師謝宗安先生，自稱三石老人，因他深愛《石鼓文》、《石門銘》，《石門頌》三種碑帖，研習有年，成就昭著，我受他影響，迷上了《石門頌》，斷斷續續臨寫了四五年，頗有心得。

《石門頌》為東漢建和二年（西元一四八年）鐫於陝西褒城縣城北石門崖壁上的隸書刻石，以頌揚縣令楊孟文鑿通由關中出漢中之褒斜道的功績。這一漢隸石刻雖早經前人發現，但知道其藝術價值的並不多，及到乾隆年間太倉畢秋帆出任陝西總督時，才發現它的價值，並視為我國書法藝術的瑰寶而向世人推薦。

《石門頌》也許可以稱為漢隸中的變體，全篇只有六百餘字，可能由於遷就崖上石頭的走勢和形態，許多字在八分書的規範上已作了很大的突破，因而形成書法藝術上一種新的美。這些字體縱橫勁拔，雄渾古樸，有些又跌宕不羈，但我就喜歡那種無拘無束的風格，只是其中若干字出格得很厲害，如「命」、「升」、「誦」等字，垂腳拉得特別長，我開始臨寫時，宛如面對一位極端倔強的鄉下漢，竟不知如何肆應。後來寫久了，日漸按我自己的性子加以修正，愈寫愈順手，只是它原有的那種稚拙趣味，我怎麼樣也學不來。習書法應重視自然表現，臨某一碑帖實毋須筆筆模仿，東施效顰，反而不美。

寫《石門頌》必須寫出它的金石味，還有那種遠古的破頭爛額的滄桑味。我採用的就是那種一波三折的筆法，換句話說，那就是每一筆畫分三次運筆完成，因此寫《石門頌》通常運筆很慢，主要技巧是運筆緩慢但又不可積墨太多，因為斑駁而瘦勁，開闊而飛動才是《石門頌》的主要風格。

有人說：現代習書法者很少人寫《石門頌》，那是因為它具有雄健奔放，不拘繩墨之氣，膽怯者不敢學，力弱者不能學。正因為我開始學書法時，既膽怯又力弱，但為了鍛練筆力，增加膽識，只好接受它的挑戰。

小論鄭板橋

就本質而言，藝術無古今之分，如從技術層面來看，則有奇正之變，在近數百年的書法史上，鄭板橋當可許之為「奇」的代表人物。清代張維屏說他的畫、詩、書為三絕。所謂「絕」，當然不僅止於平正穩當，而在力求突破規範，跳出前人的窠臼，取各家之長，自創個人風格，使藝術提升到妙境、化境。板橋的詩有奇氣俠氣，畫有逸趣，又具勁挺之姿，他的書法則兼二者之妙，可說前無古人，後面雖有許多追隨者，但學他則死，看來縱然有點像，卻缺少他筆墨中的神韻。藝術永遠只重視原創者，崇拜那唯一的。

在各種藝術形式中，書法因其結構簡單，表現抽象，既可作形而下的臨摹，也可作形而上的神通，畫的墨趣，詩的想像空間，音樂的節奏與旋律，以及不可言詮的禪悟，都可以藉書法表現。但一個終生投心於書法的人，如不能突破規模，充其量只是一位書法家，而不是書藝家。因此，如以這一標準來鑑衡板橋，他稱之為書藝家是當之無愧的。

鄭板橋，名燮，清代中葉最著名的詩人、書畫家，為「揚州八怪」之一。他不論做人或為官，都風骨凜然，他喜歡畫竹，這正是他那清廉自持，超俗出塵的人格的投射。在書藝上，也充分反映了他不合時宜的個性，譬如他厭惡當時流行的四平八穩的「館閣體」，而力倡「碑學」。他自道：「字學漢魏，崔蔡鍾繇，古碑斷碣，刻意搜求。」其實他的師承頗多，從王羲之、懷素、蘇東坡、黃山谷、高其佩、沈石田、徐文長等都有所借鏡，但筆墨間總保留一份自我。他主張「十分學七要拋三，各有靈苗各自探」，這種表示強烈個性的靈苗正是建立板橋書風的基礎。凡書法自成一家，有了很高的成就而聲名大噪後，便不免有許多人模仿，學板橋字有的形似，幾可亂真，但大多只得其怪，未臻其妙。個別的字學得很像，但整體而言，卻達不到他那疏落有致的和諧感。

鄭板橋書法之絕，主要在於他那不同流俗的「六分半書」。什麼叫「六分半書」？就是將隸書筆法摻入楷書之中，有時又有古篆的金石味，也有懷素的草書餘風。他在《四子書真跡序》中說：「黃涪翁有杜詩抄本，趙松雪有《左傳》抄本，皆為當時欣慕，後人珍藏。板橋既無涪翁之勁拔，又鄙松雪之滑熟，徒矜奇異，創為真隸相參之法，而雜以行草，師心自用，無足觀也。」《清史列傳‧鄭燮傳》中說他「書畫有真趣，少工楷書，晚雜篆隸，間以畫法」，可知板橋書體的形成，從中國水墨畫中得到不少靈感，致使筆墨之間，妙趣橫生。清代蔣士銓說他：「板橋作字如寫蘭，波磔奇古形翩翻。」所以他的字，可說是「書中有畫」。事實上，我們看鄭板橋，應從他藝術的整體來看。他在書法上是隸、楷、行三體結合，而就他的內在精神而言，卻是詩、書、畫三者一體。透過他的書法，我們可以更深刻地體悟到他詩的境界，從他畫中也可以捕捉他的詩魂書貌。在詩、書、畫各別的成就上，中國歷代藝術家能超過鄭板橋的大有人在，但一人獨擅三者之長，且達到妙境者，恐怕只有板橋這千古一怪了。

鄭板橋有句名言，頗值後人細心思考。有人曾當面盛讚他的楷書，他卻不以為然，並說：「蠅頭小楷太勻停，長恐工書損性靈。」這句話已涉及一個嚴肅的美學問題。凡藝術入門，都要求做到工整勻停。但真正的美往往來自對工整勻停的突破與超越，也唯有突破與超越才能表達人的性靈，規規矩矩，也就是僵化的開始，毫無生氣，更不要說神韻了。唐代孫過庭在《書譜》中說：「初學分佈，但求平正，既知平正，務追險絕，既能險絕，復歸平正。初謂未及，中則過之，後乃通會。」他這一正一奇，後又回到平正，猶如高僧的第三度覺醒：見山又是山了。像這樣反覆提升，乃至融會貫通，這個時候，神與物遊，生命和藝術都已到了化境。

一筆寫到紐約

一九九八年六月初，我應紐約第一銀行畫廊之邀，舉辦了一次自認為還算成功的書法個展。所謂成功，是說十天來觀賞者人數雖然不多，約二百餘人，但紐約華人書法界的知名人士都出席了開幕酒會。由於這次展出作品的內容有半數是自己的現代詩句，諸如：「落葉習慣在火中沉思」、「我是那株被鋸斷的苦梨，年輪上，你仍可聽清楚風聲蟬聲」、「一夜秋風，她便瘦得如一句簫聲」等，這是一次大膽而別開生面的嘗試，經過媒體大篇幅的報導，引來了許多好奇的觀眾。紐約第一銀行位於新唐人街的法拉盛(Flushing)區，展覽會場在地下室，面積不大，只能舉辦小規模的展覽。但紐約畢竟是美國首善之區，金融與文化的中心，更是世界藝術之都，能有機會在這裡展出，應是平生一次難忘的經歷。何況紐約寸土寸金，場租貴得嚇人，而紐約第一銀行對台灣藝術家特別禮遇，免費提供展出場地，這也是促使我遠渡重洋來到這國際大都市展出的主要因素。

我這是第二次造訪紐約，第一次是在一九九三年三月我和台灣詩人張默、向明、管管、梅新等應美國聖地牙哥加州大學的邀請，參加由葉維廉教授策劃的「台灣詩人旅美巡迴朗誦」，先後曾在四所大學舉辦過中英雙語詩歌朗誦，最後一場在紐約「張張畫廊」，給當時的華人文化界造成一次小小的轟動，我這次單槍匹馬來到紐約，卻有孤立無援之感，因為不巧的是，這期間許多老友生病的生病，度假的度假，幸而獲得當代散文大家王鼎鈞、詩人謝青，以及紐約《明報》副刊主編、散文家潘郁琦等幾位的及時支援，才使這次展覽得以順利展出。這次展覽酒會中出現了幾位藝術界的名家，使得這小規模的開幕儀式生色不少，包括紐約書法界大老張隆延教授、聖約翰大學亞洲中心副院長何平南博士、紐約中國書畫會會長王懋軒先生、名書法家李振興、李慶祥、阮德臣等先生。他們在致詞中都給了我極大的鼓舞。

我向來景仰的張隆延教授，這年已八十九歲高齡，但精神矍鑠，臉上透出一股清氣。當他由其弟子李振興先生攙扶進會場時，便立刻吸引了大家的注意，未待稍事休息，大家便把他擁上講台。他對我臨的《石門頌》特別感興趣，就由這一點談起，繼而講了許多有關書法的要訣和個人體驗，風趣而精闢，我受益良多。

張隆延教授是清代大書家李瑞清（清道人）的第三代傳人，不僅精於書藝，且熱心教學，門下弟子眾多，成就較高的首推得黃山谷真髓的李振興先生，他算是清道人的第四代傳人。不但在書法界，即使就整個藝術界而言，如此四代相傳，薪火不熄的歷史佳話，實在是中華文化「不廢江河萬古流」的象徵。

在紐約，華人藝術界真是臥虎藏龍，其中名氣大，作風海派的要算水墨畫家楊思勝了。楊先生是印尼華僑，原習醫，後將整個生命熱情傾注於繪畫與書法，自稱「不務正業」。他行醫的「正業」，在紐約多如牛毛，但像他這樣風格獨具的藝術家卻不可多得。他不是什麼藝術學院出身，似乎也沒有明顯的師承，不過從他的作品中也不難發現某些法度「淵源」，譬如在他那幅「得朦朧處且朦朧」的水墨中，即可感到石濤的古樸，也可體味到張大千的豪放，而大膽用彩筆潑灑的漫天紅霞，卻烘托出一個疑真似幻，景色有無的既古典而又浪漫的楊思勝世界。

他的另一「絕」是人物畫，筆下的鍾馗尤為傳神，除了一身紅袍外，兩眼沒有眸子，臉上只有兩個窟窿，驟看有一種恐怖美。他的畫室不大，堆滿了畫冊、書籍與各種宣紙。我應邀來訪，尚未坐穩，他即忙著出示他的字畫典藏，並為我一一講解。臨別他送了我一些上好宣紙、毛筆、印泥和一部精美的畫冊《思勝隨緣》。回到雪樓後，我曾用他所贈的特長宣紙，以行書擘窠大字寫了四屏唐詩，放下筆時已一身大汗，過癮之極。

書法的現代性

最近做了四次演講，內容都與詩和書法有關。開講時首先自我介紹從事詩歌創作和書法研習的經過及心路歷程。我從台上觀察，發現當聽眾得知我原本是一位很前衛的現代詩人，且早年還被貼過「反傳統」的標籤，五十歲之後才開始研習書法時，大家都面帶驚疑之色。演講結束後，果然有聽眾提問：

「一位曾經走在時代最前端的現代詩人，突然掉過頭來搞最傳統的書法，你不覺得這中間有很大的衝突？你如何調適這個矛盾？」

在演講之前，我預料可能會有這類問題提出，因此思想上多少有些準備。我的答覆是：藝術重視本質，更強調形式的創造性，只要是有創意的，便是現代的，因為創造性最大的優勢乃在超越時空。就時間而言，王羲之是東晉時代人，但就藝術的創造性而言，他的書法是屬於現代的，歷萬古而常新。杜甫在一千二百八十多年前寫的詩，「七星在北戶，河漢聲西流」，至今讀來，仍能感到超現實主義作品的意味。其次表現純粹美的藝術都具有永恆性，「明月松間照，清泉石上流」，這是對大自然一種超時空的觀照，一種永恆的純粹美，它本身什麼也沒有說，卻有著無窮的含意。中國的書法藝術是由黑白二色構成的既單純而又豐富的生命，它的靈氣和神韻更勝於它的肌理與結體，它線條所產生的節奏更勝於中規中矩的筆法。所以說，書法是一種純粹的美，而最純粹也正是最現代的，譬如漢代的書法，不論隸、草、行、楷，都是最純粹的美，藝術的極致，故能持續存在兩千多年而不衰。

不過，做一位現代書法家，必須有高度的文化自覺，敏銳的現代意識，初習書法講究筆法，重視臨摹古代碑帖，固然重要，但不可泥於古人，也不可為「法」所困，應時時有在方法技巧上求突破的決心。我經常如此慨嘆：做書法家易，做書藝家難。

臥雪圖

我家客廳懸有一幅臥雪圖，是一幅簡筆水墨畫，就像梁楷那幅著名的潑墨和尚，不過我這幅畫的是一隻似貓非貓的動物，安詳地橫臥在一片雪原上，兩眼微瞇，望著茫茫的遠方。整個身軀和尾巴只是一筆拖過的淡淡水墨，像一艘郵輪在大西洋的霧中行駛。實際上這是一隻迷途的狐狸，而所謂雪原，只不過是一張白紙，除了這隻孤獨的狐狸之外，四周再也沒有任何陪襯景物。

這是一幅很不錯的小品，整體構思與畫面結構都是那麼單純而富巧思，每次來了訪客，無不為這幅畫所吸引而步步走近，打量良久。作者金峰，是西安一位當代年輕畫家，我相識於一九九三年初秋，當時我應中國西北民間藝術博物館館長趙琼女士之邀，首次訪問文化古都西安——也就是我詩中和夢裡的長安。此行趙館長為我安排了一次西安書畫家座談會與當場揮毫，所有作品都題名贈我作紀念，我只帶了兩件來溫，一件是李成海先生的五言對聯：「獨見魚龍氣　長令煙雨寒」，字體草中帶隸，風格獨特。另一件就是這幅臥雪圖。

朋友戲言：我家像一座小規模的畫廊。除了書房雪樓鋪了一地板的書法作品外，牆上懸有十二幅書法對聯，四幅畫，其中有自己的創作，也有他人的贈品，著名的有鄭板橋的一幅墨竹，現代畫家丁雄泉的一幅彩色美人倚馬圖。但我獨喜這幅臥雪的淡墨狐狸，理由有二：其一，我的性格雖不孤僻，但喜歡獨處沉思，晚年尤甘於澹泊自然，思想近乎老莊，寫的詩有些是信手拈來，寥寥數行，在無意中表達出生活的禪趣。就畫而言，淡墨和閒筆正是我的最愛。其二，這隻狐狸雖非千年妖物，但對我來說，卻是極具靈性的。牠的存在是由於一場偶然的大雪；或者說，一位畫家在靈光一閃之間輕巧的一筆。牠的世界單純而無色彩，牠象徵著宇宙中的大寂寞，但我卻愛牠那無怨無尤，看似冰冷而實溫柔的眼神。

如何才是「散」？

這個月「雪樓詩書小集」討論的主題是散文，這是大家最有興趣的話題，故發言相當熱烈。在半小時的引言中，我首先做了詩和散文本質與語言上的比較分析，並從中國文學發展的脈絡來看詩與文分分合合的情況。當時我說：愈到近代，人的知性愈加發達，習慣以分析的頭腦來處理一切事務，於是散文便成了今天的主宰文類，詩則漸趨式微而被推至邊緣。不過，一般所謂的散文，乃指「文學散文」，或稱「感性散文」，英國人把這種散文稱為一種對讀者「有感染性的談話」(a kind of infectious talk)，所以我仍強調，一篇好的散文仍須具備藝術的感染力，也就是要含有詩的素質。

最後大家在討論時，話題的焦點之一是，如何才能做到「散」？這時小集的氣氛熱了起來，意見紛陳，莫衷一是，但有一點大家都能認同：就是「散」，決不是結構的散漫無章，情感的漫無節制。關於這一點，我的看法是：「散」意味著內容不拘的取材方式，和蕭散隨意的行文風格；寫來如行雲流水，行其當行，止其當止。美國作家皮德森說得好：「一篇散文要有發人深省的力量，但態度上不能道貌岸然，它涉及的問題剛好達到哲學的邊緣，卻又毫無系統。它必須是散漫中的統一。」

他對散文的意義做了新的補充，一篇好散文除了藝術的感染力之外，還須有道德的和思想的感染力。更重要的是：「統一」才是「散」的最高原則。這句話聽來似乎有點弔詭，其實是一針見血之言。

散文要寫得活，文筆達練和生動永遠是一位散文家的必要條件。古人我喜歡柳子厚，今人獨好張愛玲（她已作古，不知算不算今人？）我愛她的《流言》勝過她某些小說。她的散文別具風格，筆下的嘮叨無人能及，但嘮叨得非常新鮮，說的都是居家瑣事，別人就無法像她那樣說得有趣。她可說是一位擅於以最不俗的語言寫最俗的生活細節的散文家。

張愛玲的散文

張愛玲向以小說名於世，不論生前身後，討論她小說的文章連篇累牘，多得不得了，除魯迅外，最為世人所賞識的中國作家該算張愛玲了。然而她的散文饒有奇趣，可說是她的另外一絕，卻少人討論，日前我在一篇談散文的小文中曾約略提及，總覺得意猶未盡。

年輕作家寫散文，最怕的是流於矯揉造作，像一個大男人捏著鼻子唱青衣，滿紙的文藝腔調，令人不忍卒讀。張愛玲的散文卻別具一格，既生動自然，而又富於創意，所以我說她是一位最擅於以最不俗的手法和語言，寫最俗的生活細節的散文家。她沒有魯迅的辛辣，也沒有梁實秋的儒雅，可句句都是來自一般人最熟悉的生活，而又不是一般人所能說得出來，而且說得那麼有趣。譬如她描寫公寓生活時說：「如果你放冷水而開錯了熱水龍頭，立刻便有一種空洞而淒愴的轟隆轟隆之聲從九泉之下發出，那是公寓裡特別複雜，特別多心的熱水管系統在發脾氣。」她寫女人的衣服時說：「長襖的直線延至膝蓋為止，下面虛飄飄垂下兩條窄窄的褲管，似腳非腳的金蓮抱歉地輕輕踏在地上，鉛筆一般瘦的褲腳妙在給人一種伶仃無告的感覺。」

她在〈談音樂〉這篇文章裡也有不少奇句，如：「我最怕的是凡啞林，水一般的流著，將人生緊緊把握貼戀著的一切東西都給流去了。胡琴就好得多，雖然也蒼涼，到臨了總像北方人的『話又說回來了』，遠兜遠轉，依然回到人間。」

不管是張愛玲的小說或她的散文，都有一股強烈的蒼涼味。她有一句名言：「生命是一襲華美的袍，上面長滿了蝨子。」這句話不但點出了她自己絢爛而悽惶的一生，同時也對整個人生有著準確而深刻的觀照。

張愛玲的晚年獨居孤寂，雖是她自己的選擇，但她那樣站在落幕後陰暗的舞台上獨自捫蝨，也未免太令人感傷了。她寫了那麼多好文章，而這最後一句卻如此苦澀，叫人難以下嚥。

後現代文化現象

日前與幾位搞現代文學的朋友談及「後現代主義」，令我驚訝的是，每人各抒己見，眾說紛紜，沒有一項意見是交集的。其中一位態度最為保守，堅決反對後現代主義存在的必要，認為這只是新時代少數人的標新立異，缺乏真理性的說服力。我和另外二位卻一致承認，在今天「後現代」確已是一種普遍的文化現象，只不過在擁護和實踐「後現代主義」的程度上各有不同。坦白說，「後現代」的興起迄今雖已逾三十餘年，但什麼「解構主義」、「後現代建築」、「後現代文學」、「後人文主義」等理論，都還是西方思潮的餘唾。台灣文化界還找不到一本根據民族特性與國情所寫的《後現代情境》之類的專著。我們所讀到的有關後現代主義的論文，絕大多數是譯自西方學者的意見。我們學者少有考慮到如何把「後現代」理論，和中國當代文化現象相互融會，相互辯證。

「後現代」文化的發展，和科技、電腦的主宰力量日趨強大有著必然的關係，因此後現代最突顯的成績在建築和電影，其次才有限地擴展到與人類心靈和思想有關的文學和藝術，縱然如此，及到今天，後現代主義仍未能全面霸佔文藝的創作領域。我與一些當代重要的詩人對後現代主義仍持懷疑態度，我們對「解構」、「諧擬」、「後設語言」等概念姑妄聽之，卻未認真考慮把這些奉為美學的規範。這主要是我們認為：後現代表現的只是浮面的現象，一種大眾化的文化，其特色是庸俗與淺薄。它從不涉及思想問題，從不表現某種哲學內涵，後現代主義者只關心生命現象，而忽視生命的真實意義，所以哈佛大學哈利列文教授認為後現代主義帶有反智的色彩。

我們對後現代主義有所保留，並不意味我們企圖對文學的發展有所壟斷，反之我們一直鼓勵不斷的實驗，不斷地追求形式的解放。現代主義和後現代主義只是一種傳承關係，實不必採取勢不兩立的敵對立場。

凱蒂貓與金庸小說

一九九八年台灣社會的庸俗品質並無大的變化，據說這一年最熱門的消耗品是 Kitty 貓、女星寫真集和金庸小說。這三項或許可以暫時填補台灣文化空虛的流行熱潮，究竟反映出何種社會心態呢？

根據一些傳播媒體和文化評論者的意見，有人認為 Kitty 貓（這是日本人繼前兩年流行電子雞之後的另一種無聊事物）是反映台灣女性的分裂傾向，即她們把自己兩極化，外表成熟而複雜，內心則渴望像貓一樣單純、溫馴，渴望被人喜愛。而女性主義者則把這一傾向歸咎於男性沙文主義。至於女生寫真集，有人認為這是為男性提供一項解決性衝動的合法管道。可是就女性而言，實際上就是通過寫真這一方式來追求一種虛幻，她們想以鏡頭保留稍縱即逝的青春，但快門一經按下，青春也就一去不返了。

在這三項流行文化現象中，最能反映當時台灣社會心態的是金庸小說的再度發燒。某一文化評論者認為：金庸小說幾乎就是瓊瑤小說的另一面貌，它的讀者以男性為主，作者創造出的善惡分明、快意恩仇的武俠世界，很能滿足大眾對社會正義的渴望。這點正足以說明台灣社會法治的虛弱和正義的不張。其次，武俠小說是速食文化的代表，一種最適於閒人、懶人閱讀，最易消化的通俗讀物，一卷在手，現實的煩憂可暫時拋開，故在這競爭激烈的社會中，有時它也是紓解心理壓力的良方。

在這半個世紀的中國，包括兩岸三地，金庸武俠小說之流行的確是一種十分弔詭的現象，它讀者之廣，非其他任何小說可比，而作者雜學之豐富、文筆之酣暢、人物之鮮活，其他小說作家無出其右者。然而，無論如何評價，甚至以國際會議予以肯定，仍無法改變它流行通俗讀物的本質。金庸小說之受歡迎可與英國福爾摩斯偵探小說相比，卻永遠達不到莎士比亞的地位。

靈感及其他

經常被人問到：你相信靈感嗎？

我相信靈感，但一個創作者不能完全依賴靈感。我曾戲言：我的壞詩都是用腦想出來的，而好詩則往往是無意中碰上的。詩有時就像情人，如刻意找她，反而找不到，不找她時卻又隨時會在你面前出現。一時想不出來就擱下它吧，等你把它忘得乾乾淨淨之後，它又突然來了。靈光一閃之下，便出現了神來之筆，詩中許多令人驚喜的，富於獨創性的意象，來得很突然，但如不趕快抓住，便稍縱即逝，而這種直覺性的感悟，妙悟，卻無論如何想也想不出來的。其實，靈感並非出自神諭，也不是一種甚麼超自然的能力，靈感或可說是潛意識的沉澱與昇華。詩在醞釀期間就是潛意識起作用之時，腦子想不通最好放棄不想，但它事後會在無意識中偶然跳了出來，這就是靈感的來源。光是想，而沒有思想作基礎，絕對寫不出好詩來。靈感只是詩的催化劑，靈感須為思想服役。

我的詩〈煙之外〉中曾有這樣的句子：「潮來潮去／左邊的鞋印才下午／右邊的鞋印已黃昏了」。讀者有茫然不解者，我頗為自得地對他說：這是現代詩中時空壓縮的技巧。然而又覺赧然，李白在

〈將進酒〉中有句「君不見高堂明鏡悲白髮，朝如青絲暮成雪」，這種技巧古人早就運用了。

北宋魏泰論及禪與詩的關係時說：「禪宗論雲間有三種語言，其一為隨波逐流句，謂隨物應機，不主故常，其二為截斷眾流句，謂超出言外，非情識所到，其三為涵蓋乾坤句，謂泯然皆契，無間可伺。」第一種正是現代主義慣用的意識流手法；第二種是超現實主義的手法——切斷機械的理性語言結構，以表現潛意識的內涵；第三種則近乎純粹經驗論，主要是對時空界限的泯滅，萬物融合一體。

實際上，現代主義的諸多手法都暗含古意古法，或者可以這麼說，古今藝術觀念多有匯通之處，此又一例證。

女人與詩

自古男女相悅，藉以暗通心曲最為有效的工具有二，一是眼睛，一是詩。假定雙方初識，偶處一室，或在可見之距離內，眉目傳情，可說是人類最原始最神奇的通訊方式。男方嘴角含笑，胸一挺，眼一瞇，女方兩頰微紅，頭一低，唇一咬，好啦！電流互觸，熱線接通，世上一切的奧義、瞭解、真誠、快樂、幸福，都在這一俄頃的對視中獲得。但一旦雙方分離，天涯海角，傳遞思念之情的就非靠詩不可。當然，你也許要跟我辯，認為情書才是最好的工具，其實不然，理由是：情書可從「情書大全」、「情書選粹」等上面抄，也可以請人代寫，往往有假，所以情書除了當局者迷的通信雙方外，其他人讀了無不感到肉麻，令人汗毛直豎。但詩為心聲，無法作假，而年輕人大多熟讀「世界情詩選」，一抄就要露出馬腳。再者，戀愛之趣，本就基於一種欲得而未得，似懂而非懂的痴迷心態，彼此之間的心意，包括憐愛、傾慕，渴望黏黏貼貼、永相廝守的期許，只可暗示，而不宜明言。詩貴含蓄，著重曲達，最適於這種任務，「身無彩鳳雙飛翼，心有靈犀一點通」，一片痴情，盡在其中，豈不比正面說「我好想你啊」來得更有情致，更具有不可抗拒的挑逗性！

賈寶玉說男人是泥做的，女人是水做的。水性至柔，我國詩的傳統講究溫柔敦厚，可知女人兼有水與詩的性質，而事實上女人寫情詩寫得最好。「拂牆花影動，疑是玉人來」，又有誰比崔鶯鶯更懂得以暗示手法接受對方的愛意？女人寫的情詩大多能在婉約中見深情，真切動人，我國文學史中不乏其例，〈管夫人贈趙孟頫〉就是一首任何人讀了都會激動的偉大情詩。

中國古代男人平生最得意處不在高官厚祿，衣錦還鄉，而在有資格娶兩個以上的妻子，但娶妾之舉也並非人人順利，毫無阻礙，遇到髮妻是一位獅型的悍婦，固然心有不甘，橫加攔阻，即使性情和順，賢德之婦，也會動之以情，好言勸止，後者往往比前者更為有效。相傳趙孟頫中年以後，日夜面對臉色愈來愈黃的老妻，熱情漸減，很想娶一位二房，妻子管夫人探得消息，不動聲色，寫了一首詩偷偷放在丈夫的書桌上，詩曰：

你儂我儂，忒煞情多，情多處，熱如火。
把一塊泥，捻一個你，塑一個我，將咱兩個，一齊打破；
再捻一個你，再塑一個我，我泥中有你，你泥中有我，與你生同一個衾，死同一個槨。

結果，趙孟頫讀後深為感動，而管夫人卻不費一兵一卒，就攻下了丈夫的城池。我想，如果世界上的婦女都會寫這種「你儂我儂」的情詩，真不知要解決多少婚姻上的糾紛，拯救多少對怨偶。

多年前，偶然中讀到這麼一首裁衣寄夫的詩：

不隨織女渡銀河，每到秋來幾度歌。
歲歲為君身上衣，絲絲是妾手中梭；
剪刀未動心先碎，針線纔縫淚已多！
長短只依原式樣，不知肥瘦近如何？

這決不只是一首塞客衣單，思婦懷遠的詩，其情意之真摯深刻，匠心之機敏綺密，比起出於男人手筆的「忽見陌頭楊柳色，悔教夫婿覓封侯」，或「衣帶漸寬終不悔，為伊消得人憔悴」的詩來，實有過之而無不及。

古今中外，女詩人在文學史中究竟佔了多大的比例，恐怕很難找出這種統計數字來。我想，縱然為數不少，但大多仍難免限於「閨閣抒情」，在她們自己看來，其價值也許只相當於在枕頭上繡鴛鴦的女紅，傳誦一時者，未必都能垂之千古而不朽。這不是她們的才能問題，而是受到環境的限制。至於女人是否適於做一個詩人？時至現代，當然已不成問題，但在把《紅樓夢》、《西廂記》視為一般封建家庭的禁書的時代，那各人的看法就不相同了。章實齋說：「閨房篇什，間有所傳，其人無論貞淫，而措語俱須有邊幅。」這正顯示女人寫詩，首先就受到禮教，題材，甚至造詞遣句的限制，難怪王徵女士在其〈修徵樾瑄詩〉自序中感歎地說：「生非丈夫，不能掃除天下，猶事一室，參誦之餘，一言一詠，或散懷花雨，或箋志山水，喟然而興，寄意而止。」這或許正是文學史中很少有第一流女詩人的道理。但也有人鼓勵女人作詩，譬如袁枚在《袁家三妹合稿》詩集中說：「婦女學詩，閨房之內，穆若清風，所以學詩有益婦道。」這話雖然出自道學觀點，似嫌迂闊，但女人習畫學詩，總比天天串門子，打麻將好。

女人與詩，相似之處頗多，僅就外在形式而言，二者都注重「形」與「聲」之美，美是女人與詩的共同本質。構成詩的要素首先是意象，詩可以說完全是「意象的鑄造」(Poetry is the forging of images)，詩人一生中苦心經營的就是那可見可感可觸的意象，而女人一生中苦心經營的則是那可見可感可觸的面孔與身材。大詩人杜甫固然「語不驚人死不休」，「吟安一個字，撚斷數莖鬚」，賈島更是「二句三年得，一吟雙淚流」，其吟詠之苦，殆可想見。女人為了修飾她的容貌，不惜忍受打針吃藥，餓飯減肥，甚至上手術台，天生雖非麗質，卻硬要美容師把她們一刀一刀地雕成西施、楊貴妃，其用心之苦，與詩人雕鑿意象相同。構成詩的另一要素是韻律與節奏之美，詩讀起來抑揚頓挫，鏗鏘有聲，實有助於意境之美的烘托。一首詩，不論思想如何深刻，意象如何鮮明，如唸起來詰屈聱牙，像嚼蠶豆一樣，必然影響其整體之美。女人也是如此，如果貂蟬說起話來哇啦哇啦像平劇中的董卓，或動輒作獅子吼，再美的女人也會叫天下男士避之唯恐不及。女人聲調之美，頗有勾魂攝魄之效，唱起歌來，固令人迴腸蕩氣，即使罵人也是好聽的；據說聽女人用蘇白吵架，比聽梅蘭芳的戲還過癮。女人哭泣，其聲更是悽美。我們家鄉有一種專門代人哭喪的女性職業，她們居然把哭藝術化；開始哭得搶天呼地，驚心動魄，繼而調子拉長，悠悠忽忽，絲絲縷縷，如唱山歌，她用一塊手帕蒙住面孔，誰也看不出是否有眼淚，但聞者莫不惻然。

女人與詩唯一不同的地方也許是：一首好詩，不管當代有沒有人讀它，仍不失為一首好詩，而女人的魅力卻隨時要有人欣賞，有的則需要慢慢讀才能讀出味道來。許多天才詩人，潦倒一生，也許要到數十年或數百年後才能獲得賞識。陶淵明生前不太受當代文壇重視，其聲譽遠不如謝靈運，但千百年來，陶謝在讀者心中的地位已互易其勢，寒山被中國士大夫的讀書界忽視了千多年，及到近代才得揚眉吐氣，從幽閉的文學史中走出來，甚至震撼了番邦。可是，紅顏一旦變成白骨，入土後再也長不出一朵玫瑰來。

女人的味道，的確是需要人把它讀出來，只不過不同的階段，應採取不同讀的方式和態度：少女是一首飽含情趣的抒情詩，適於任何一種讀的方式；少婦是一齣詩劇，不但有詩的素質，而且有衝突，有高潮，讀的時候宜冷靜，以免陷溺不可自拔；中年婦人是一部嘮嘮叨叨的史詩，詩味不多，只剩下了歷史，最好以治史的態度去讀；至於老婦人，則成了一首形而上的詩，只能默想，不宜捧讀了。

世界上最不理性的事物，莫過於詩與女人了，二者都是不可細加分析的，如強以邏輯推論，那就如瞎子摸象。嚴羽說：「詩有別趣，非關理也。」女人正是如此，故一個過於理智的人，是不善於欣賞詩與女人的。法國詩人古爾蒙說：「女人是愛的動物，她們能一輩子生活在愛的記憶裡，當男人已忘了最後一次接吻時，女人還記得最初的一次。」所以有人認為「戀愛是女人生活的全部」，果然如此，足證女人是多麼的非理性。女人感覺最為敏銳，變化無窮，據說巴黎女人的臉色，一分鐘要變換若干次，很難令人捉摸。所幸女人不是要人去了解的，只要去感覺、去欣賞、去愛，就足夠了。

詩與女人都是難以預期的事物，蹤跡不定，神秘莫測，夢寐之，祈禱之，引頸以探之，不來就是不來。根據我個人的經驗，等一首詩正如等一個女人，有時繞室徘徊，竟夕難安，有時望著窗外，怔忡神往，喝一口茶，抽一支煙，好像有那麼一點影子，但尚未抓牢，她又跑了，於是再喝一口茶，再抽一支煙，終至心身交瘁，乾脆熄燈就寢。可是，數日後，當你完全把她拋開，不去想她，她卻又搔首弄姿地突然在你面前出現。久而久之，我終於悟出一個道理：捕獲詩就像捕獲女人一樣，最有效的武器就是遺忘。

異鄉的月光

日前深夜，突然接到中央日報副刊編輯羅任玲的越洋電話，邀我為中副寫篇有關中秋節的稿子。放下電話，感覺好像對方在我手中塞了一個剛出爐的新東陽月餅，不禁悚然一驚，日子過得好快，中秋節又近了。

這時，透過後院的玻璃窗，只見高及十餘丈，瘦而孤寒的白楊梢頭，正擱著半個搖搖欲墜的月亮。今兒個初幾哪？回頭望一眼牆上的月曆，發現居然有兩個月未曾撕去。請別誤會，只是懶散慣了，如果我說：這掛曆是因為由台灣寄來而捨不得或者根本就不忍撕去，豈不近乎瞎扯。來到海外，心境日趨蕭散，有首舊詩很可以反映我這落葉紛飛的情緒：「偶來松樹下，高枕石頭眠，心中無日曆，寒盡不知年。」在異國，不撕月曆，裝作「忘我」，不知歲月的超越經驗，何嘗不是一種比哲學、宗教、美學、詩歌、音樂，甚至唸阿彌陀佛更有效的精神健康食品。

我和月亮，尤其是中秋的月亮，有著既溫馨而又哀傷的矛盾情結。

我對這次在半被迫、半自我選擇之下移居海外，稱之為「第二度流放」。顯然，第一度流放是指五十年前去國赴台，大半生追求自我成長的滄桑經驗。初抵屏東左營那數年的生活，豈止是「流放」二字所能概括，舉目皆異鄉，孑然一身，最初羈身軍旅，無非是求得三餐之飽，但心靈極其空虛，一點也不實在，所謂人生目標與理想，更是無從談起。只是浮萍一片，全身都浸泡在一種孤獨無依、鄉愁漫漫的水澤裡。第一個中秋節是在屏東度過，部隊晚餐加菜過節，猜拳拼酒，大聲喧嘩。無奈兵爺全是老廣，我一句也聽不懂，聚餐尚未結束，我便獨自逃席，跑到營房外面的椰林中去散步。我第一次看到台灣的月亮，黃黃的，十分的圓，圓得有點假，使我唯一感到真實的是它那幅臉的哀哀無告的淒涼。

在台灣四十七年歲月一晃而過，我從不自認為是過客，但也總覺得未曾落地生根。也不能說完全沒有根，只不過都是氣根，就像大榕樹一樣沿著樹幹四面墜下的氣根，攀扯虬結，糾纏不清。好在我一生走的只是單純的文學路線，在一個商業競爭和政治鬥爭都很激烈的社會中，我得以冷眼旁觀，清清白白地置身事外。即使在從事稻粱謀的職業過程中，也盡可能保持「同流不合污」的做人原則。但，無論如何我仍得感激那個社會，我的不合時宜雖與它難以相融，它卻也從不干預我的創作生涯，書房雖嫌侷促，而稿紙的天地間卻任我的想像飛翔。可是愈接近晚年，愈覺得書房空間變大，而社會空間縮小，置身萬丈紅塵中，連呼吸亦日趨困難，於是對一片淨土的嚮往之心日益強烈。我現在的生活究竟是一種瀟灑出塵的雲遊？抑或不堪壓力的流放？一種絕對必要的選擇？抑或無可奈何的逃避？這中間似乎橫梗著一片曖昧，而最後的無解之解，請允許借用我的一個詩題：因為風的緣故。

近年來，中國大陸動輒祭出「民族主義」，作為評斷是非的標準，而台灣則氾濫著可以宰制一切的「本土意識」，譬如，如有人說加拿大的月亮肯定比中國大陸或台灣的圓，這話一定會遭到民族沙文主義者和本土至上主義者的嚴厲批判。不過我仍願冒天下之大不韙說：由於朝野人士對環保的重視、對自然環境的加意維護，致溫哥華能享受到世界上第一流的空氣、第一流的氣候，也因此溫哥華的天空顯得特別清朗而高曠，月亮顯得特別大而圓。其實在此地，要想看到又大又圓的月亮，不必等到中秋，每個月都可觀賞到，我家的後院便是一個賞月的好所在。中秋既近，木葉漸凋，數株白楊在晚風中蕭蕭晃動。後院圍牆外面是一座小學，白天聒噪盈耳，此時卻靜寂無聲，牆外偶有路人經過，踩得落葉發出沙沙的音響，黃昏時聽來更增淒清之感。這時，驟見一輪明月不知從何處躡足而來，看似攀爬在圍牆上正向室內窺探，但換個方位來看，它又突然爬上白楊枝頭，幾乎伸手可及。這個時候，有一壺酒該多好，可是月亮太近，有點壓迫感，好像它一晃動，便會撞翻酒壺，淋得一身的酒氣。

印象最深刻的一次看月亮，是在高速公路上，當時車速九十公里，因馬路寬敞，車流頗為順暢。看似飛馳，卻很平穩，因而得有閑情觀賞車外兩旁的風光。時值黃昏，只見兩邊地平線上一顆赤裸裸的龐然落日正在緩緩下墜，再扭頭向東方一看，另有一顆既圓且大，明亮卻不刺眼的月亮正在冉冉上升。這一奇景為我平生所僅見，再一次疑真似幻，被大自然騙得搞不清楚方向，分辨不出哪個是太陽，哪個是月亮。

卜居溫哥華的台灣、香港、中國大陸兩岸三地的華人，風俗習慣大同小異，一年三節反應得最熱鬧的要算唐人街，其中最敏感的則是香港仔，散居其他地區的則大多處之淡然。在外國僑居愈久，也就日漸忘了象徵中國傳統節慶的年糕、粽子、月餅等物的味道，如派他們一個數典忘祖的罪名，事實又非如此，只是海外生活更趨現代化，距離農業文化日遠，有許多農業社會的舊風俗未必有死守緊遵的必要。近年來我也視年節可有可無，倒不是因為生活洋化，或有意貶抑中國文化，而是晚年的生活態度變得更加澹泊。譬如去年中秋節，我和老妻是在第二天台北的女兒打電話來賀節時才得想起。

至於賞月，請等等，我順手拉起書房的窗簾，但見一縷清光穿窗而入，四壁皎然。

喏，請看，這不就是……

好鳥枝頭亦朋友　落花水面皆文章

【人文叢書　文學類3】

我與文學　張秀亞　著

「美文大師」張秀亞女士以美善的心靈、細膩的情思、優美的文字寫成這本《我與文學》。她將開啟你的心靈，讓你以新的眼光來看待身邊的一切，進而體會英國詩人華茨華斯所說：「即使是一朵最平凡的小花，也會使人感動得下淚。」

【人文叢書　文學類5】

弘一大師傳　陳慧劍　著

中國近代藝術史上的奇才，佛教史上的高僧—弘一大師。他的前半生多彩多姿，不僅開創中國近代戲劇的先河，也為音樂教育寫下了輝煌的一章。出家後，斷然放下世俗牽絆，作苦行僧、行菩薩道，以身教示人，再為佛門立下千峰一月的典範。本書成稿迄今已歷三十五年，其間因種種因素使得某些相關資料湮沒不聞，因此，本書再作第三度修訂，加入以往的遺闕，以呈現弘一大師完整的生命歷程。有緣人如能一讀此書，必將為你的生命注入無限的清涼與感嘆！

【人文叢書　文學類6】

愛晚亭　謝冰瑩　著

謝冰瑩是個擁有鋼鐵般個性的女兵，同時也是個喜歡收藏回憶的作家。看她娓娓訴說生活中的點點滴滴，有悲、有喜、有眼淚、有笑容，蘊含著對家國、親人、甚至於自然萬物的熱切情感。她的筆觸活躍而跳動，樸實卻不單調，令人感同身受。無論時空如何變遷，至情至性的《愛晚亭》，仍然值得我們一再玩味。

【人文叢書 社會類1】

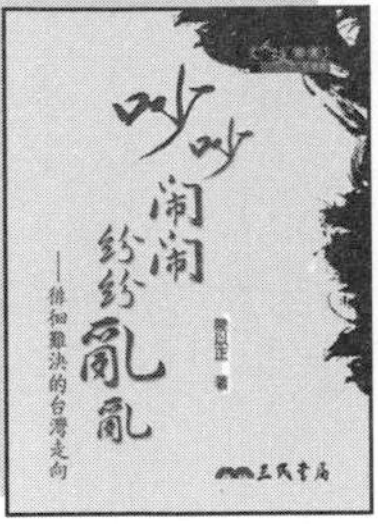

吵吵鬧鬧紛紛亂亂——徘徊難決的台灣走向

陸以正 著

本書收錄前大使陸以正先生在報端發表的雜感與評論，透過篇篇精闢的深度剖析，直達台灣問題的真正核心，讓我們跟隨大使宏觀開放的視野，一同見證這段舉措不定的歲月。

【人文叢書 社會類2】

從台灣看天下

陸以正 著

「國際情勢正迅速變化中，而台灣越來越追趕不上脈動，勢將難逃邊緣化的命運。」本書作者陸以正先生有鑑於此，以其長年擔任外交官的駐外經驗，對國際新聞提出種種敏銳的觀察與解讀，告訴國人：在國際情勢牽一髮而動全身的年代，我們再也不能自外於這些攸關台灣前途的世界大事！

【人文叢書 社會類3】

台灣技職人的奮鬥故事

吳 京 主持／紀麗君 採訪／尤能傑 攝影

廿一世紀的社會趨勢，講求專業與專精的工作能力，想要在職場上出人頭地，必須擁有一技在身，而技職教育，正是符合這種工作取向的教育體制。由前教育部長吳京主持編成的這本《台灣技職人的奮鬥故事》，蒐羅了十九位全國優秀的技職人代表的奮鬥故事。

誰說只有大學生才有出頭天？誰說只有名校畢業生才會有出息？擺脫以往對技職人就是「黑手」的錯誤觀念吧！從這些優秀技職人的傳奇故事中，你將會發現人生的另一種可能！

【三民叢刊053】

橡溪雜拾　思果　著

本書為作者旅美時期的讀書心得、生活觀感，如退隱的樂趣、種花的心得、人情世態的體驗、旅遊的記錄等，反映時代的動盪變遷。涉筆成趣，說理深入淺出，適合各年紀的讀者細讀品味。

【三民叢刊111】

愛廬談心事　黃永武　著

追憶愛好文學的因緣、升學的阻礙，及治學有成的心路歷程，以及個人的抗戰流離、雙親的種種苦難，寫出本世紀中國人的災禍與希望，從小人物的回憶中窺見萬頭鑽動的大時代。

【三民叢刊272】

靜靜的螢河　張錯　著

假若詩不僅是感情滿溢迸露，更是心情寧靜追憶；那麼散文創作，應該就是寧靜而沉著的感悟傾訴。作者在這本散文集子中，嘗試自濃郁詩意抽身而出，以冷冷一眼投向世間虛幻。他體悟到從一樹橘子成熟到一夕曇花綻放凋謝，都是不斷在啟示生命的深沉忍耐或美麗完成。